蚱蜢的
幸福杂货店

敦·德勒根作品集

[荷] 敦·德勒根 / 著
蒋佳惠 / 译

海峡出版发行集团 | 鹭江出版社

2025年·厦门

图书在版编目（CIP）数据

蚱蜢的幸福杂货店：敦·德勒根作品集 / (荷) 敦·德勒根著；蒋佳惠译. -- 厦门：鹭江出版社，2025.6. -- (C文库). -- ISBN 978-7-5459-2375-9

Ⅰ.1563.45

中国国家版本馆CIP数据核字第2025D707R1号

福建省版权局著作权合同登记号 图字：13-2025-009号

Het geluk van de sprinkhaan © 2011 Toon Tellegen
Originally published by Em. Querido's Uitgeverij Amsterdam
© Cover illustration Mance Post/Literatuurmuseum
Simplified Chinese translation © 2025 by Light Reading Culture Media (Beijing) Co., Ltd.
All rights reserved.

出版人	雷戎
选题策划	轻读文库
责任编辑	林烨婧
特约编辑	张雅洁
装帧设计	马仕睿 @typo_d
美术编辑	朱懿

ZHAMENG DE XINGFU ZAHUODIAN：DUN DELEGEN ZUOPINJI

蚱蜢的幸福杂货店：敦·德勒根作品集

[荷] 敦·德勒根 著　　蒋佳惠 译

出　　版：	鹭江出版社		
发　　行：	鹭江出版社		
	轻读文化传媒（北京）有限公司		
地　　址：	厦门市湖明路22号	邮政编码：	361004
印　　刷：	河北鹏润印刷有限公司		
地　　址：	河北省沧州市肃宁县经济开发区宏业路北侧	联系电话：	0317-7587722
开　　本：	730mm×940mm　1/32		
印　　张：	4.875		
字　　数：	82千字		
版　　次：	2025年6月第1版　2025年6月第1次印刷		
书　　号：	ISBN 978-7-5459-2375-9		
定　　价：	30.00元		

本书若有质量问题，请与本公司图书销售中心联系调换
电话：(010) 52435752

未经许可，不得以任何方式复制或抄袭本书部分或全部内容
版权所有，侵权必究

蚱蜢的幸福杂货店

1

蚱蜢开了一家杂货店,这家店在森林边缘,在离小河不远的地方,在灌木丛之间。

橱窗的玻璃上有一排大字:

所有物品均待售

(太阳、月亮和星星除外)

除了太阳、月亮和星星,蚱蜢什么都卖:椅子、桌子、床、柜子、帽子、外套、鞋子、梯子、耙子、蛋糕、笔、老信件、茶叶、木头触角、刺、鳞片、鹿角折纸、灯笼、沙子、苔藓、杯子、盘子、勺子、扫帚、刷子、锄头以及其他很多东西。

动物们常常一大早就排起了长队，等待杂货店开门。

刺猬想买几根新刺；河马想买一张安乐椅；熊想买一个有超多奶油的蛋糕和一个有超多蜂蜜的蛋糕；大象想买一把可以伸缩的梯子；白蚁想买一件灰色的防尘外衣；青蛙想买一个音箱，让他的呱呱叫声一直传到沙漠深处；蜗牛想买一扇窗，这样他就能随时看见来的是谁；狮子想买一双暖和的袜子；蟋蟀想买热闹；甲虫想买黑色的油漆；松鼠想买一盏灯，好让大象来做客的时候在上面荡秋千。

蚱蜢什么都卖。偶尔有动物会问他怎么付钱。其实，谁也不知道那是什么。每到那时，他就会说："我只管卖东西，不管付钱。"

一清早，他就打开店门。他开得一天比一天早，这样，动物们就不会等太久了。

可是，每天早晨，动物们也越来越早地排起队。很多时候，他们半夜就出发了，只为了早晨能排在第一个。

不能亲自来到店里的动物们寄来了他们的购物清单。他们要么住在地底下，要么住得太远或者住在海上，还有的无法移动，比如贻贝。

蚱蜢把他们需要的东西一一送上门去。

他有求必应，不愿意让任何人失望。

失望……在他看来，那太可怕了。

2

蚱蜢就住在店铺后面的房间里。房间里有一张桌子、一张椅子和一张床,除此之外,他还有一个铃铛。每到夜里,杂货店就关上了门。一旦有人等不及,上门来买东西,铃铛就会发出叮叮当当的响声。

蚱蜢一点儿也不介意。

每到那时,他就会披上碧绿的店员服,走进店里,打开大门,询问顾客需要什么东西。

无论顾客要买的是一把梳子、一个哨子、一粒晾干的山毛榉果还是一枚别针,他都会搓搓手,点点头说道:"我这就去拿。"

顾客心满意足地带着梳子、哨子、晾干的山毛榉果或者别针回家了。蚱蜢也回到床上,一觉睡到太阳升起、第一位顾客来到他的门前。有时候，铃铛再次作响，就在同一个夜晚，又有另外一位顾客来买柜子。柜子上要镶嵌着镜子，装着十二块木板、四个抽屉、铜铰链和一把用来够最上面那块木板的内置小梯子。蚱蜢点点头说："我这就去买一个一模一样的柜子回来。"不一会儿，他拉开大门，目送顾客背着柜子的身影消失在夜色中。

他的床头挂着一块牌子，牌子上写着"我总是很幸运"。这几个字的上面还写着一行小字，"至今为止"。这块牌子是他很久以前从遥远的大草原上捡回来的。

它一定是被某个不再幸运的人丢弃的，他想。

他把这块牌子带回家，挂在墙上。

每晚入睡前，他都会读一遍牌子上的字，点点头，默默地想：没错，我总是很幸运。

他希望自己永无丢弃牌子的那一日。假如有朝一日，那一天真的到来，他就会在"我"的前面加上"以前"两个字，然后在底下签上自己的名字，把牌子埋在一个谁也找不到的地方。

接着，他躺在床上，闭上眼睛，猜测自己这一晚会被谁的铃铛声吵醒，又是为了什么。

3

一天下午，毛毛虫想买新袜子。

他问蚱蜢什么样的最适合他。

"这个问题问得好，毛毛虫，"蚱蜢说，"你自己觉得呢？"

"红色的。"毛毛虫说。

蚱蜢点点头。"我也这么认为，"他说，"红色的袜子。"

他拉开某个柜子上的抽屉，抽出几十双红色的袜子。

毛毛虫仔细看了看，皱起眉头说道："不要，我还是觉得蓝色更好，带一条白色条纹的那种，白色的锯齿形条纹。"

"你说的一点没错，毛毛虫。"蚱蜢说。他搓搓手，向毛毛虫展示了许多带白色锯齿形条纹的蓝袜子。这些袜子足够毛毛虫给每只脚都穿一只，然后再留下几只，以防他在爬过刺或荆棘时被扯掉一只袜子。

"是的，它们很配我，"毛毛虫说，"不过，我觉得我还是想要黄色的，黄色的长袜子。"

"黄色的长……"蚱蜢一边说，一边摇摇头，"当然了！"他拉开一个抽屉，成百上千双黄袜子喷涌而出。

黄袜子太多了，把蚱蜢和毛毛虫都淹没了。

"你有小一号的吗？"毛毛虫在成功穿上十来只黄色袜子之后问道。

"必须有。"蚱蜢一边说，一边从堆积成山的袜子里钻出脑袋和触角。

不一会儿，他们就看不见对方了。他们只能呼唤对方。

"浅灰色。粉色。紫罗兰……"毛毛虫喊道。

蚱蜢喊着："哦，是的！""就是这个了！"还有："我完全同意你的意见，毛毛虫！"

终于，在蚱蜢取来的不计其数的袜子的挤压下，杂货店的门被猛地冲破了。

临近傍晚，毛毛虫带着一只绿色的袜子回家了。他要在家里穿上这只袜子，还要好好地思考一下，毕竟，在他看来，绿色好像没问题。

在蚱蜢看来,绿色绝对没问题。他还说,毛毛虫可以随时回来换别的袜子。如果不换,他把它看作礼物就可以了。

等毛毛虫离开后,蚱蜢坐在大山一般的袜子上,搓了搓触角。

他想:东西样样齐全真是太好了。

4

乌龟站在蚱蜢的杂货店门口。

他打开门,一脚踩在门槛上,然后又赶忙缩了回去,关上了门。

他待在外面,站在门外的草地上,来回踱步。

蚱蜢看见他的身影,走了出来。

"你好,乌龟。"他说。

"你好,蚱蜢。"

"你要买什么东西吗?一些特别的东西?"

"嗯,是啊,"乌龟说,"它听起来也许很奇怪,我要买一张椅子。"

"一张椅子,"蚱蜢说,"我有成百上千张椅子等着卖。"

"不是给我自己的。是用来装在我背上的。你觉得这样奇怪吗？"

"不奇怪。"蚱蜢说。他早就见怪不怪了。

"我的龟壳底下太拥挤了……每当有人来做客，我总是连一点儿地方都挤不出来。如果我能在龟壳上装一张椅子，那么别人就能坐在上面，我也就可以安心地待在我的龟壳里了。你觉得怎么样？"

可是，蚱蜢已经回到店里去了，不一会儿，他带回了一张安乐椅，把它装在了乌龟的背上。

"这是一张扶手椅。"他说。

"一张真正的扶手椅？"乌龟用沙哑的嗓音问道。这恰好是他想要的。

"一张真正的扶手椅。"蚱蜢说。

"谢谢你，谢谢你！"乌龟说着，转过身，背着扶手椅走进森林。

第二天下午，河马来他家做客。

乌龟泡了茶，烤了蛋糕，河马助跑了一段，蹦上乌龟的壳，坐在扶手椅上。

"咻。"他一边说，一边心满意足地向后躺去。

随后，他们喝了茶，吃了蛋糕。

"我们聊些什么吧。"乌龟说。他听见河马舔着嘴唇，放下了杯子。

"不了。"河马说。他闭上眼睛，睡着了。

乌龟一动也不敢动。他不确定扶手椅会不会从他背上滑下去。过了好一会儿,他说:"我们过得真愉快啊,河马。你说是不是?"

他听见遥远的地方传来轻微的呼噜声。

5

一天早晨,熊想跟蚱蜢买一百个蛋糕,然后在上午结束之前把蛋糕全部吃完。

"我从来没有做到过,蚱蜢。"他说。蚱蜢站在柜台后面,若有所思地打量着他。

"我觉得一个蛋糕就够好吃的了。更别提一百个蛋糕得多好吃了。"熊说。

蚱蜢点点头,思考了一会儿,朝着屋后走去。

熊站着不动,闭上了眼睛。他仿佛看见自己突然间被一百个蛋糕包围,它们争先恐后地想被吃掉。

它们簇拥着他。

"该我了!""我先来!""不,是我,是我!"它们喊着。它们把彼此推倒在地,压在对方身上,直到其中一个巨大的蛋糕好不容易崭露头角，必须在上午结束之前被吃光。"一秒钟都不能耽误！"蛋糕中气十足地说。它瞪着一双甘甜的奶油眼睛迫不及待地看着他。

熊急急忙忙、狼吞虎咽，时间一分一秒地流逝，指针越来越快地逼近十二点——上午的终结。

"你做不到的！你做不到的！"蛋糕用尖厉的嗓音喊叫。它正以飞快的速度缩小，然而，它看上去依然那么巨大。

"哦，"熊哀嚎起来，"美味还真是复杂啊……"

"不许哀嚎！快吃！"蛋糕低吼道。

就在这时，熊重新睁开眼睛。

蚱蜢站在正对着他的柜台后面，严肃地看着他。

"我为你准备了一个很漂亮、很小巧的蛋糕，熊，"他说，"我不出售一百个蛋糕。"他摇摇头，又补充了一句，"我也不出售恶心。"

"好的。"熊轻声回答。他的额头上渗出汗珠。

他买下那个小巧的蛋糕，一声不吭地走出杂货店。

他来到屋外，一口把蛋糕吞进肚子，嘟囔道："好吃。"随后便走进森林。

这是初夏的一个清晨。

6

"你卖金帽子吗?"一天早晨,蟾蜍问蚱蜢。

"卖的。"蚱蜢说。

"镶银边的金棋子呢?"

"卖的。"

"嵌金纽扣,有铜衣领的黑色长外套呢?"

"卖的。"

"带银鞋带和锡鞋跟的金凉拖呢?"

"卖的。"

"只住得下一个人的小小宫殿呢,墙上挂着镶金边的镜子,门上安着银把手,屋子里放着桦树叶和铜制床的那种?"

"卖的。"

蟾蜍顿了一顿，然后说道："其他的我就不知道了。"

蚱蜢耸了耸肩膀说："我什么都卖。"

蟾蜍瞪大眼睛看着他："真的什么都卖吗？"

"什么都卖，"蚱蜢说，"除了太阳、月亮和星星。"

蟾蜍思考了一会儿，然后问道："就连一颗星星也不卖？"

"不卖。"

"就一颗小小的星星呢？"

"不卖。"

"就一颗非常小、非常微弱的星星呢？"

"不卖。"

"就算是那颗最小的、最不重要的、从没有人留意过的、深夜仰望天空时谁也不会发现它消失了的星星也不卖吗？"

"不卖。"

蟾蜍又思考了一会儿，揉了揉脸颊，挠了挠后脑勺，发出了一记酷似"哼"的声音。随后，他向蚱蜢致意，走出杂货店。

走到门口时，他停下了脚步。他转过身说道："幸亏如此。"

说完，他走出屋子，穿过森林的空地，消失在大树之间。

7

蜘蛛爬进蚱蜢的杂货店里。他看上去心烦意乱。他说他已经忙碌了一整天,只为了在椴树和槭树之间织一张新的网,可是,眼看着就要织好了,网却被一阵劲风吹破了。

"我太讨厌劲风了,蚱蜢。"他说。

"是啊。"蚱蜢说。

"我织够了,"他说,"我再也不织了。那些劲风……它们到底想要我怎么样?"

蚱蜢沉默不语。

"难道你这里没有现成的、不会被风轻易吹破的网吗?"

"有的。"蚱蜢说。他打开柜子,取出一个东西,把它放在柜台上。

蜘蛛瞪大了眼睛,问道:"这是什么?"

"是捞网。"蚱蜢说。

"捞网……这样啊……"

蜘蛛举起捞网上的杆子来回挥舞。"就是它了!"他喊道。

他来不及跟蚱蜢打个招呼或者道声谢,就带着捞网离开了杂货店。

蜘蛛兴高采烈地走在森林里,不一会儿,他看见苍蝇在飞舞。

"你好,苍蝇。"他喊道。他挥舞捞网,逮住苍蝇,把他放到面前的地上。

苍蝇抬起头看着他,说道:"你好,蜘蛛。你又逮住我了。"

"是的。"蜘蛛一边说,一边得意扬扬地点头。

"现在做什么?"苍蝇问。

"是啊,现在做什么。"蜘蛛说。他从来都不知道这个问题的答案。

"我该走了,"苍蝇说,"我已经迟到了。"他挣脱了捞网,喃喃自语:"好在这个不是黏糊糊的。"他擦了擦翅膀,飞走了。

蜘蛛思考了一会儿,看上去,他仿佛在面壁思考。

他举着捞网继续往前走,突然,他听见头顶上空传来一声呼唤:"哟吼!"

原来是大象。他从橡树顶端掉了下来。

蜘蛛赶忙支起捞网,接住大象。

"谢谢你!"大象一边喊,一边轻轻地落到地上。

蜘蛛松开捞网上的杆子,坐了下来。

大象小心翼翼地摸了摸脑袋,可是,他一个鼓包也没有摸到。

他坐起身,打量着蜘蛛。"呃,蜘蛛……"他说,"我可以问你一个问题吗?"

"可以啊。"蜘蛛说。

"你能当我最好的朋友吗?"

"你最好的朋友?"蜘蛛问。

"是的。你知道那是什么吗?是和你形影不离的朋友,随时救你于水火,还能接住你,当你……"他看着蜘蛛,大大的眼睛里满是哀求。

可是,蜘蛛摇了摇头。"我愿意当你的好朋友,大象,当很好的朋友。但不是你最好的朋友。我还在寻找我最好的朋友。"他清了清嗓子,小声说,"我不知道他存不存在。"

"知道了。"大象说。他从网里爬出来,又摸了摸脑袋,确认脑袋上真的没有鼓包,然后走进森林。

这一天,蜘蛛先后又用网接住了犀牛、白斑狗鱼和喜鹊。

临近傍晚,他回到蚱蜢的杂货店里,把捞网放到柜台上。

"对我来说,它一点儿用也没有。"蜘蛛说。

"是的。"蚱蜢说。

"明天再说吧。"

蜘蛛离开杂货店,缓缓地向前走去。不过,他的步子很大,他迎着风往家走。他琢磨着家里还有没有吃的东西。不太多了,也许刚好够吃。

8

一天早晨,蚱蜢收到一封来自鲸的信。鲸在信里请蚱蜢在他的背上盖一座花园。

"我已经有一座喷泉了,"他写道,"这样能少点儿事。"

他为自己不能亲自到店陈述需求表达了歉意,为保险起见,他还告诉蚱蜢自己第二天要为鲨鱼、鳐鱼以及其他几位朋友举办一场游园会,因此,他默认花园能在这之前完工。

蚱蜢把柜子里的花园用品搜罗到一起,把它们扛到背上,关上门,朝小河走去。

在柳树底下的芦苇丛中停靠着一艘小船。那是他平日里用来给海里的顾客运送物品的。

他上了船，把花园用品放在船头，扬起船帆，抛开缆绳，驶离岸边，径直朝着大海驶去。

目送他离开的动物们喊道："蚱蜢！你关门了吗？"

"是的。"

"那我们呢？如果我们需要什么东西怎么办？"

"我去鲸的家。"

"去做什么？"

"在他的背上盖一座花园。"

"哦。"

一些动物问他能不能在他们的背上也盖一座花园。"或者在我的脑袋上盖，"长颈鹿喊道，"在我的小短角之间搭一张吊床，再配上飞廉和火棘！"

蚱蜢回答说好的，不过，他现在要先去鲸的家。

他沿着小河驶向大海。

下午过半的时候，他来到了鲸面前。

"你好，鲸。"他说。

"你好，蚱蜢，"鲸说，"你看，这是我的喷泉。我想在它的周围盖一座花园。"喷泉从他的后脑勺喷涌而出，直冲云霄。

"好的。"蚱蜢说着，便着手动工。

"我想要很多花，"鲸说，"在花丛间留一些由砾石或者散沙铺就的小道，柏油路也行，但是一定要有弯道，而不是直直的路。大家可以在那里迷失，当他们呼救的时候，我就能听到，并且为他们指明道路。"

蚱蜢没有说话。他正忙着干活儿。

"我还想要一棵柳树、灌木丛、矮树丛和一片空地，就在喷泉对面，那里可以用来演讲：'亲爱的鲸，我们——鲨鱼、鳐鱼和其他同样支持你的人……'我还要一座小山丘，供大家在快乐的时候滑行。还要一张长长的桌子，用来摆放我准备好的蛋糕——房子般大小的磷虾蛋糕，加上白沫和海藻……"

鲸滔滔不绝地说着。终于，他问道："蚱蜢？"

"在呢。"

"你觉得我的要求很多吗？"

"喀，要求很多……不如说是话语很多。"

"惹人厌吗？"

"没有。"

"幸好如此。"

夜幕降临，当最初的星星挂上天空时，花园盖好了。

这会儿再坐帆船回森林实在太晚了，于是，蚱蜢留下来过夜。他躺在柳树下，挨着一朵绣球花和一棵小小的、盛开的樱桃树。鲸关掉了他的喷泉。

"你睡着了吗？"过了一会儿，鲸问道。

可是蚱蜢没有回答。他已经睡着了。

9

清早,几乎所有动物都还在睡梦中,太阳才刚刚爬上地平线,鳃角金龟就走进了蚱蜢的杂货店。

"你好,蚱蜢。"他说。

蚱蜢正在擦拭柜台上的灰尘。他抬起头看了看,说:"你好,鳃角金龟。"

鳃角金龟站在杂货店的正中央,环顾四周,然后垂下眼睑,轻声说道:"你这里卖幸福吗?"

蚱蜢揉了揉鼻子,说:"卖的。"

他从柜台后面走到鳃角金龟面前,用一条胳膊搭上他的肩膀,小心翼翼地迈起了舞步。

他们的脸颊轻轻地摩挲。

他们什么也没说,只是在杂货店里跳舞,沿着柜台，沿着窗户，沿着通往外面的敞开的大门。

　　树枝和树叶上的露水晶莹剔透，燕子从高高的天空中反复掠过，在太阳的照耀下光芒四射。

　　他们跳了很久，直到下一位顾客来到杂货店，拍了拍蚱蜢的肩膀，问他杂货店是不是已经开门了。

　　他们站在敞开的大门口，鳃角金龟轻轻地说："谢谢你。"

　　蚱蜢很想回应些什么，可是，他的下一位顾客犀牛一把拉住他，说自己想买一张床，一张扑通一下跳上去就能陷进去的床。他很想知道世界上有没有这样的床。

　　"有的。"蚱蜢说。他的目光越过犀牛的肩膀，看见鳃角金龟走进森林，时不时地停下脚步，迈一个舞步，然后继续向前走。他还剩一些幸福……他想。我也是！

10

晚冬的一天,蚱蜢给杂货店上了锁。

他在橱窗里挂上一块木牌,上面写着暂时歇业,但是没有解释为什么。"并不是所有事情都有原因的",他在下面的括号里写道。

他穿过后门,离开了杂货店。

外面下过雪。整个世界白茫茫的。

他蹦到雪花上,在雪地里跋涉,一头扎进雪堆,在白雪中爬行,幸福得唧唧欢叫。

好一会儿,他休息够了,开始思考雪能不能卖。这里有这么多……

他闭上眼睛,想到了骆驼。骆驼一定很想看看雪白的沙漠……他想到了长颈鹿……长颈鹿一定愿意买下许许多多的雪花，直到自己只剩下两个小短角还露在外面。他想到了狮子……

就这样，他思考了好一会儿。

太阳从大树后面露出笑脸，白雪熠熠生辉、光芒四射。

好美啊……他想。所有人都会愿意买的！

可是，太阳变得灼热，雪都融化了。没过多久，周围就什么都不剩了。

蚱蜢皱起眉头。他突然意识到自己的身份——店家。

他赶忙从杂货店后门跑了回去，打开前门的锁。

他取下橱窗里的木牌，换上了另一块牌子，上面写着：

时刻营业

没过一会儿，长颈鹿就来到店里。他想买一件白色的外套。

"我不想引起任何人的注意，蚱蜢。"他说着指了指外面。

蚱蜢看了一眼，发现屋外又下起了雪。

他点点头，卖给长颈鹿一件厚厚的、保暖的白色外套，暗自决定就算以后有正当原因，也不会再歇业。

11

刺猬偶尔也想买一些除了身上的刺以外的东西。

他相信,正是因为他浑身是刺,所以几乎没有人愿意来他家做客,更没有人愿意和他一起跳舞。

他也从来没有收到过别人寄来的信。

他想:他们一定以为我的回复也是带刺的。可事实并非如此。而且,我的茶里也没有刺。我的想法就更没有刺了。我还从来没有独守过一个带刺的想法呢!

他来到蚱蜢的杂货店,问蚱蜢有没有什么能够代替刺的东西。

"有的,"蚱蜢说,"各种各样的东西都有。"

他向刺猬展示了各种可以取代刺的东西。

有头发。可是，刺猬觉得头发很乏味，况且，他也不喜欢梳头和刷毛。

有鳞片。可是，他觉得鳞片太滑了，而且他不喜欢游泳。在他看来，一旦有了鳞片，就不得不游泳了。

有羽毛。可是，他的几次飞行体验给他留下了非常糟糕的记忆。

有绒毛。刺猬把绒毛拿在手里。他想：绒毛，看起来倒是不错。

他拔掉身上所有的刺，钻进厚厚一层粉红色的绒毛里。

随后，他来到柜台旁的镜子跟前，仔细地端详着自己。

他的心激动得怦怦直跳。他想：我看上去真是引人注目啊！这下，肯定所有人都愿意跟我跳舞了。

趁着他对着镜子横看竖看的工夫，蚱蜢接待了獏。他要买一个蛋糕，却说不明白是什么蛋糕，因此，他想先尝一尝，再决定买哪个。

刺猬和想象中的客人一起迈出几个舞步，然后想：不行。

仿佛这是某个人在他的脑海里告诉他的，而且不容许有任何反驳。他想，就是一直以来躲在那里的那个声音。是刺，是所有的刺！

他脱掉绒毛，把刺一一安了回去。

"那就不跳舞了。"他一边说,一边朝着蚱蜢点点头。

那就孤孤单单吧,他想着,大踏步地离开了杂货店。

12

秋日里的一个下午,眼看着黄昏就要降临,龙虾大步流星地走进蚱蜢的杂货店。

"你好,龙虾。"站在柜台后面的蚱蜢说。

龙虾环顾四周,时不时地拿起一个什么东西,然后又放回去。每当他失手把东西掉到地上打碎时,他要么用钳子把碎片拨开,要么上去踩一脚。

"我快要过生日了。"他说。

蚱蜢沉默不语。

"我要独自庆祝,"龙虾继续说道,"因为生日是我一个人的酬劳。我为什么要邀请别人呢?"他把一只钳子举到眼睛上方,犀利地看着蚱蜢,"我也不希望任何人来祝我生日快乐。我会自己祝自己生日快乐的。"

他一把抓住蚱蜢,把他拎起来,双脚离地。

"可是,我想要一份礼物,"他说,"不是随随便便的礼物。我想要一份特殊的礼物,世界上最特殊的礼物。以所有人的名义送给我。我的意思是所有人,包括鲸、蚂蚁、蚯蚓和红条纹的那什么玩意儿。"

他放下手里的蚱蜢。

蚱蜢整理了一下衣服,环顾四周。他不知道什么才算是杂货店里最特殊的物品。是那个浅蓝色的青花瓷肥皂泡吗?还是银色的睫毛?

他一一拿给龙虾看,可是,龙虾把肥皂泡丢到角落里,又把睫毛捏成一团。

"都是普普通通的垃圾。"他说。

也许,我卖的所有东西都是普普通通的垃圾……蚱蜢想。他觉得最好还是别再给龙虾展示什么了。

"如果我什么都没有得到,明天……"龙虾一边说,一边转圈,还轻微地喘着粗气。他又一次把蚱蜢拎起来,举过头顶,来回摇晃。

"你知道你们会承担什么样的后果吗?"他问。

"不知道。"蚱蜢说。

"悔恨。"

"你知道你们会变成什么吗?"

"不知道。"

"渣子。"

他把蚱蜢砸向角落,离开了杂货店。

"明天是我的生日。"他一边说,一边把门从铰链里拔了出来,丢到不远处的灌木丛里。

蚱蜢站起来。他的触角折了,衣服也被扯烂了。

他捋直触角,换上一件新衣服,抚平银色的睫毛,把肥皂泡的碎片拢到一起,往门口挂上一张帘子。

要么好好当店家,要么就不要当店家,他想。然而,内心深处,他相信自己已经听见悔恨从远方飞驰而来的声音了。

13

伶鼬想买一张桌子。但是,他想要的可不是普通的桌子。

"我想买一张在我无计可施,把头靠上去时会跟我说话的桌子。有时候,我的家里实在太安静了,蚱蜢……"

"是的。"蚱蜢说。他恰好有一张这样的桌子。

"当我写信的时候,"伶鼬继续说,"如果我不知道该写什么了,桌子就会告诉我。我撕烂了很多还没来得及写完的信……我从来不知道应该怎么结尾。各种各样的问候……到底什么是问候?我倒是很想知道。你有弯曲的问候吗?木头的问候呢?你这里卖不卖问候?"

可是，蚱蜢早已转过身，去了杂货店后面，然后搬回了一张伶鼬想要的桌子。

"你拿的时候得小心一点，"他说，"不要掉到地上，也不要撞到。"

片刻过后，伶鼬把桌子扛到背上，走出了杂货店。

第二天早晨，蚱蜢收到了他寄来的一封信。

亲爱的蚱蜢：

现在是早晨。阳光透过窗口照射进来。

我坐在桌子跟前，给你写信。

桌子已经祝我早上好了。

它的嗓音有点沙哑：你肯定把它存放了很久。

现在，我不知道我还要写些什么了。

"我很好"，就这样写吧，"你呢"，问号，

喀，现在，我也不知道了。哦，对了，致以问候，

再加上"衷心"，还有"的"，没错，没关系，

还有"一切顺利"，写上了吗？

伶鼬

蚱蜢读了信，怀疑桌子在路上被碰坏了。

不对，他想，这是一封美好的信。

14

一天,土豚走进蚱蜢的杂货店。

这是初夏里一个宁静的清晨。

蚱蜢坐在柜台旁边的椅子上打盹儿。阳光透过橱窗斜斜地照射进来,成千上万的灰尘在空中飞舞。

"你好,蚱蜢。"土豚说。

"你好,土豚。"蚱蜢说。他坐得笔直。

"我列了一张购物清单。"土豚说。

"给我吧。"蚱蜢说。

土豚把清单递给他。清单上列着他需要的东西:

> 一张能装下我身上的刺的洞洞椅,这样,我就能和其他人一样,舒舒服服地往后仰了

一顶在我不想被人看见或者被嘲笑时，能提前罩住我全身的帽子

　　七个蛋糕，一个星期里每天一个（如果好吃的话，我一个星期后再来买七个）

　　一幅可以挂在墙上的油画，每当我看到它时，我就会低声咆哮，画里有许多灰色

　　一个能在我出行时警示众人的喇叭，这样，大家就有充足的时间退让了

　　一面能固定在我耳朵上的镜子，这样，我就可以随时随地看见身后发生的事情了

　　一个铲子，这样，我就用不着在找东西的时候拿鼻子去拱地了

　　一把小巧玲珑的珍珠母刷子，用来刷小胡子和眉毛

　　新鲜的泥淖

　　一个好朋友

　　蚱蜢一一取来清单上的物品，除了一个好朋友。"这一项晚些交付。"他说。

　　他把所有东西都装在土豚的背上，并祝他一路顺风。

　　"谢谢你。"土豚艰难地挤出这几个字。他被沉重的物品压弯了腰，满脑子都是晚些才能交付的那个好朋友。

他不知道晚些交付是什么意思,但是,他也不敢问。他想:要不然,他会觉得我很愚蠢,然后晚些交付给我一个愚蠢的朋友,这在他看来很适合我。但是,我可不想要一个愚蠢的朋友!

于是,他回家了,小心翼翼,步履蹒跚。

15

一天早晨,蚱蜢在橱窗里挂了一块牌子,上面写着"当下沽清",然后走进森林。

他一连溜达了好几个小时,什么都不想。

午后,他来到位于森林边缘的池塘旁。

他坐在草地上,眺望水面。

周围十分安静。没有风,也没有任何小鸟的歌唱。

蚱蜢闭上眼睛。

当他再次睁开眼睛的时候,他看见远处的池塘岸边坐着旋风甲虫。

"你好,旋风甲虫。"他说。

"你好,蚱蜢,"旋风甲虫说,"我刚才就已经看见你了。"他用一根棍子戳着脚下的地面。

"你不想写东西吗?"蚱蜢问。

"不想。"旋风甲虫说。

"为什么不想?"

"我写够了。"

"写够了?"蚱蜢惊讶地问。

"是的,"旋风甲虫说,"我已经写下了所有能写的东西。"

"哦。"蚱蜢说。

随之而来的是长时间的沉默。

这时,蚱蜢说道:"我有一些你能写的东西。"

"是什么?"

"我储存了一些没有人要的词语。我原本想把它们丢掉,可是,说不定你能用得上。"

"哪些词语?"

"喀,比如'无可争辩',还有'大规模''赤脚'和'创造欲望'。"

旋风甲虫皱起眉头,思考了一会儿,然后蹦了起来。

"那些词语我要了,"他说,"我还从来没有写到过它们呢。"

"你可以全部拿走。"蚱蜢说。

随后,他们肩并肩地坐了好一会儿。

太阳下山了,池塘仿佛消失不见了。蚱蜢回

家了。

这天晚上,他给旋风甲虫寄去一大盒卖不出去的词语。

第二天,他收到了一封信:

> 仁慈的、大度的、从不知足的赞颂者,
> 直翅的掌柜,
> 当下我已恢复创造。
>
> 旋风甲虫

蚱蜢读完信,给旋风甲虫回复了一个词语:倍感荣幸。

"这就是我此刻的感受"——他在底下写道。

16

松鼠从来不需要什么东西,然而有一天,他还是走进了蚱蜢的杂货店,说他想买一个小盒子。

"一个特殊的小盒子,蚱蜢。"松鼠说。

蚱蜢点点头。他的库存里有普通的小盒子,也有许许多多特别的小盒子。

"一个用来存放信件的小盒子。"

"没问题。"蚱蜢一边说,一边拿来一个这样的小盒子。

松鼠端详着这个小盒子,说他要用这个小盒子来存放蚂蚁的信。"那是些非常特殊的信,蚱蜢。"

蚱蜢沉默不语。

"说白了,它们是最后的信,是蚂蚁永远离开、再也没有任何消息前写的信,是告别信。我有很多。我想把它们存放在一起。"

他问蚱蜢有没有更大一点的盒子,他担心蚂蚁的最后一封信装不进去。

"今天早晨,我恰好收到了他的最后一封信,那是绝对的告别信,那封信很厚。"

蚱蜢走到屋后,不一会儿,带回了另一个盒子,那里面装得下上百封,甚至更多厚厚的信。

松鼠觉得这个盒子很好看,而且也足够大,装得下他最近收到的信,甚至还能装下他暂时还没收到的信。

他说自己很确定蚂蚁当天下午会到他家来做客,并且告诉他自己改变主意了,决定明天再永远离开,还说松鼠必然再也不会收到来自他的任何消息。随后,他们会一起吃蜂蜜和山毛榉果,直到再也吃不下为止。抑或是他们会在阳光普照的时候来到小河边,仰面躺在柳树下的草地上,眺望粼粼波光中的浪花。这一点,他非常确定。

随后,他向蚱蜢道了谢,背着盒子走出了杂货店。

阳光普照,他在心里想:我现在就去小河边吧,等蚂蚁来的时候,我已经躺在草地上了,我会一跃而起,喊着:"很高兴你来了,蚂蚁,我还以为你真的再也不回来了……!"就像以往那样。

17

一天早晨,蜗牛滑进蚱蜢的杂货店。

"你好,蜗牛。"蚱蜢说。

蜗牛点点头,他头上的两根触角微微地晃动。他环顾四周。

"我想要时间。"他说。他停顿了片刻,然后皱起眉头,继续说道:"谁都没有时间。"

"是的,"蚱蜢说,"你说的是什么时间?"

蜗牛又一次皱起眉头,看向身后,确认没有人跟着他走进杂货店,这才说道:"所有时间。"

蚱蜢没有继续追问。他走到屋后,那是他存放时间的地方。那里有宝贵的时间,有罕见的时间,也有普通的时间、短暂的时间和漫长的时间。

不一会儿,他回来了。

"这就是我这里所有的时间。"他一边说,一边把所有时间交给蜗牛。

蜗牛接过时间,打量了一番,蹒跚着走出杂货店。他头上的触角愉快得熠熠生辉。

在距离杂货店不远的地方,他遇到了乌龟。

"我有所有时间,乌龟!"他喊道。

乌龟抬起头,看着蜗牛,思考了一下,然后谨慎地向前走去,一句话也没有说。

蜗牛满脸通红,他头顶上的触角涨得鼓鼓囊囊的。

"你肯定没有时间吧?"他喊道。乌龟头也不回地向前走,于是,他又补充道:"只有那个可笑的龟壳……"

说到这里,蜗牛泄气了,望着前方,走进森林。他的触角缩了回去,他决定再也不做任何事,再也不说任何话,再也不想任何东西了。

现在可以了,他想。

18

乌鸦站在蚱蜢的杂货店门口,窥视四周,说道:"你这里卖怀疑吗?"可是,蚱蜢还没来得及回答,他又继续说了起来:"当然不卖。反正不会卖给我。'不是的,乌鸦,很遗憾,我恰好没有库存了。如果你明天再来的话……'如果我明天再来,你就会把怀疑仔仔细细地包装好,卖给我,可是,等我打开的时候,我会发现那根本不是怀疑,而是简简单单的几个满足,然后,我会心满意足地走出你的杂货店,蹦蹦跳跳地走在路上,可我要的明明是怀疑啊,你听见我说的了吗?是怀疑!没有,你当然没有听见我说的,你恰好带错了耳朵,你今天早晨想:今天,乌鸦可能会来,我还是带上错误的耳朵吧……你赶忙把杂货店里所有的怀疑都搬到屋子后面一把火烧了,我都闻到了……"他上蹿下跳,用翅膀拍打着大门,沙哑而又大声地喊叫:"我闻见怀疑了。是怀疑的浓烟。我就知道!"

他转过身想离开。临走前,他还扭过头说了一句:"我在飞来这里的路上就已经想到了。'没有,我不卖怀疑,乌鸦……怀疑是留给我自己享用的。乌鸦,用来怀疑你……我丝毫信不过你,一丝一毫都不信……'我也信不过你,蚱蜢。我也信不过你!"

他飞走了,留下沙哑而又大声的喊叫,只不过,他的话语已经变得模糊不清了。

飞行了一段之后,他来到橡树最低处的树枝上坐着。他目不转睛地盯着杂货店。

蚱蜢赶忙拿来一些甜美的、令人愉悦的东西,摊开手,让它们随风飘散,撒满店铺周围。

小鸟们鸣叫着,恰好在附近散步的动物们和躺在草地上打盹儿的动物们都发出欢乐的叫声或者咕哝声,抑或是拍打着彼此的肩膀。

就连乌鸦也微微一笑,沙哑而又轻柔地说道:"喀,是啊,又有什么关系呢……"

他看见蚱蜢站在门口,于是喊道:"你好,蚱蜢,老店主!明天,我来找你买一套白色的西装。夜礼服,你有吗?"

"有的。"蚱蜢说。他看见在乌鸦身后,太阳爬上树梢,光芒四射。他搓搓手,在心里想:这会是美好的一天。

19

经过长时间的犹豫、退缩、钻床底,以及在镜子前狠狠地拧了几次自己的耳朵,蚜虫终于在某天早晨敲响了蚱蜢的杂货店大门。

"门开着。"站在柜台后面的蚱蜢喊道。

"不行,"蚜虫说,"我不想让你看见我。"

"好的。"蚱蜢说。他知道门外站着的是蚜虫。"你想买什么东西吗?"

"是的。"

"我什么都有。"

"我想要不知廉耻。"蚜虫小声地问。

"什么?"

"不知廉耻。"蚜虫低声细语地说,声音比之前大了一点点,"一点点就行。你有吗?"

蚱蜢点点头,他什么也没说,走到一个库存柜跟前。

不一会儿,他把杂货店的大门打开一道缝,往外面放了一个东西。

"给,蚜虫,"他说,"我希望这些够用了。"

他关上门,隔着玻璃望向窗外。

蚜虫伸了个懒腰,站在杂货店外,挥舞拳头,大喊大叫。

他一连嚷嚷了好几个小时,用力地跺脚,一把抓住上门来买东西的动物,告诉他们错在哪里以及他们应该买什么、不应该买什么,称自己是"伟大的蚜虫",放开嗓门问为什么没有人来恳求他做一场关于自尊和无畏的演讲,他会一针见血地阐释,还会展示如何让感受得以绽放,就像玫瑰花那样!就像银莲花那样!要知道,谁也不如他懂得多,他是博学多才的蚜虫,是智慧本身。接着,他脱掉衣服,大头向下倒立,摔了个大马趴,又一次敲响了店门。

"不知廉耻"用完了。

"谢谢你。"他赶忙嘀咕。他满脸通红,转身跑远了,一头钻进家里,从身后锁上门,再也不肯露面。

每当动物们从他家门口经过时,就会把耳朵贴在门上。之后的许多年,他们都能听到他后悔的叹息声以及鲁莽带来的廉耻心。

"我做了什么,我做了什么……"他们听见。

然后,他们继续向前走去。

20

蚱蜢收到一封来自沙蟹的信。

这是晚冬里阴冷、多雨的一天。

沙蟹写道,他也想在自己居住的沙漠里开一家杂货店。

"这里从来没有人来,"他写道,"这会妨碍吗?"

"不妨碍,"蚱蜢在回信里写道,"恰恰相反。这样一来,你就不需要任何库存,不需要橱窗,不需要柜台了。你不需要早早地起床打开店门,也不需要整天守在店里。你不需要在你不想友好的时候粉饰友好,也不需要对不买东西的人保持长时间的耐心。"

有时候,蚱蜢希望自己就住在沙漠里,在那里开了一家店。他可以在正午时分躺在杂货店正中央睡大觉,丝毫不用担心门被打开,别人看见他正在睡觉,于是改变主意,就连自己急需的东西也不再需要了……

"你唯一要做的,沙蟹,"他写道,"就是竖一块牌子,上面写着'杂货店'。"

沙蟹给蚱蜢回了一封信,向他表达了真挚的谢意。他做了一块这样的牌子,把它竖在沙漠深处。

他躺在沙子上,心想:这下,我也成店家了。

他从没有像此刻这般自豪。

过了好一会儿,他坐起身,倚靠着牌子,眺望着广袤、空旷的沙漠。

他想,如果有一天,真的有人出乎意料地来到这里,说他想买什么东西,我就说:喀,太可惜了,这个东西我这里不卖……或者,我也可以说,很可惜已经过了关门的时间。如果他们问我营业时间,我就说:我不记得了,这已经太久远了……如果他们穷追不舍,我就说我的杂货店已经停业了,如果他们非要知道为什么,我就说:因为盛况空前而停业……

我太需要休息了……他想。

于是,他闭上眼睛,在沙漠深处的杂货店中央睡了约莫两天。

21

野猪站在蚱蜢的橱窗跟前,久久地望着一顶绿帽子,那是他盼望已久的东西。可是,他不确定那顶帽子适不适合他。

也许,所有人都会笑话我……他想。

蚱蜢看见他,便迎了出来。

"你好,野猪。"他说。

"你好,蚱蜢,"野猪说,"那边的那顶帽子,那顶绿色的帽子,你觉得它适合我吗?"

"那顶帽子?它一定非常适合你。"蚱蜢说。他回到店里,取来帽子,把它戴到野猪的头上。

"可是,我的样子不会很奇怪吗?"野猪一边问,一边向后退了一步。他一心只想把帽子揉作一团,塞到耳朵后面,等回到家锁上门再把它戴上。

"喀,奇怪……"蚱蜢说,"什么才算奇怪,世界上有那么多奇怪的事。"

他清了清嗓子,抬起头,斜眼看了看说:"比方说,我觉得太阳就很奇怪。"

"太阳?"野猪惊讶地问道,"太阳有什么奇怪的?"

"太阳有什么奇怪的?"蚱蜢说,"难道照耀大地就不奇怪吗?还有落山。你和我会落山吗?"

野猪沉默不语,只把帽子往后拉了一下。

他想:如果连太阳都算得上奇怪的话,那么一切事物都是奇怪的。可是,如果一切事物都是奇怪的,那么世界上就没有不奇怪的事物了,那样的话,不奇怪的事物就变得非常奇怪了。

他觉得天旋地转,把帽子越发牢固地压在头上。

"我买了。"他说。

"好的,"蚱蜢说,"它太适合你了。"

野猪含混不清地道了别,消失在森林里。绿色的帽子扣得很低,遮着他的眼睛。

22

"我想买一个月亮。"蝙蝠说。他赶在关门之前来到蚱蜢的杂货店。

"我什么都卖,蝙蝠,"蚱蜢说,"除了太阳、月亮和星星。"他一边说,一边用手指了指橱窗玻璃上的字。

"我太想要它了,蚱蜢,"蝙蝠说,"你能不能为我破一次例?"

蚱蜢想:破例,我还从来没做过这样的事呢。

"我会非常小心的。"蝙蝠继续说。他近距离地看着蚱蜢,瞪大了眼睛。"我会给它清洗、抛光,让它散发出前所未有的光芒。我也不是要永远占有它。只有今天夜里需要,放在我房间的角落里。只给我一个人……"

可是，蚱蜢摇了摇头。

"拜托了，拜托了！我甚至不需要圆月。就连弦月都不需要。只要最小、最小的月亮就行……一道弯……就够了。蚱蜢，你这么热心，而且你总是穿着这么漂亮的外套……"

蝙蝠的眼睛里满是泪水，他前所未有地盯着蚱蜢。

殷切啊，蚱蜢想，这可真是殷切。而他的所作所为堪称慰藉。

他一言不发地走到屋外，绕到屋子后面，抬起他所出售的伸缩梯子中最大的那一架，把它架在橡树的树干上，然后向上爬，穿过橡树树冠，一直爬到高空中，一把抓住正在冉冉升起的月亮。

我也没有别的办法……他想。他把月亮背在身上，沿着梯子爬了下来。

他回到屋子里，把月亮包装好，递给蝙蝠。

"谢谢你，谢谢你……"蝙蝠说。他的声音有点嘶哑。

他显得不再那么殷切，而是换了一副面孔。可是，蚱蜢不知道该怎么形容那种表情。

蝙蝠回到家里，给月亮清洗、抛光，把它挂在房间的角落里，自己则倒挂在天花板上。

"这下，你就完全属于我了，月亮，"他小声说着，

"我也属于你。"

在他看来，这是他生命中最幸福的时刻了。

他沐浴着月光，沉沉地睡去。

深夜，一阵风吹来，吹开了蝙蝠的窗户。月亮冲将出去，悬挂在高高的天空中。等到太阳升起，它便同往常一样，静悄悄地落了下去，仿佛什么事都没有发生过。

这天早晨，蚱蜢在橱窗上的"太阳""月亮"和"星星"下面画了一道粗粗的横线。无论别人怎么盯着他看，他都再也不想出售原本就不出售的东西了。

23

一天晚上,营业时间刚刚结束,蠼螋轻轻地叩响了蚱蜢杂货店的大门。

蚱蜢听见了,打开门。

"你好,蠼螋。"他说。

蠼螋没有回应他的问候,而是走进屋子,环顾四周,然后问道:"这里没有人吗?"

"是的,"蚱蜢说,"其实,我已经关门了。"

"我想买一个柜子。"蠼螋说。

"什么样的柜子?"

"一个可以从里面上锁的柜子。"

蚱蜢皱起眉头,在脑海里搜索自己有没有这样的柜子。

"我要待在里面,"蟋蟀说,"然后,我就再也不出来了。"

"如果有人来找你,用力地砸门,大喊他急于见你,你该怎么办?"

"那样的话,我就会从门缝底下塞一张纸条出来,上面写着我不急于见任何人,还有我很讨厌别人砸门和找我。"

蚱蜢有一个这样的柜子,于是,蟋蟀把它扛到背上,走了出去。

"再见,蟋蟀!"蚱蜢在他身后喊道。可是,蟋蟀既没有回应,也没有回头。

一个星期之后,蚱蜢给他写了一封信:

亲爱的蟋蟀:
  我没有直接去找你,而是选择给你写信,
  因为你不喜欢别人找你。
  我希望柜子很合你的心意。
  如果它不合你心意的话,你可以来换。
  哦。
  我还有许许多多柜子,
  都可以从里面上锁。
  你此刻是在柜子里读到的这封信吗?
  我不需要见你,但是我
  整天都在想你,我对此

也无可奈何。

蚱蜢

当天下午,柜子从橱窗外飞了进来,发出震耳欲聋的声音。柜子上贴了一张字条:

我不想让你想我。
柜子你就自己留着吧。

蚱蜢清理了窗户的碎片和柜子的残骸。原本打算赶在关门前匆忙买些东西的顾客伸出了援手。
之后,蚱蜢费尽千辛万苦才做到了不再想蠼螋。

24

蚱蜢怎么也睡不着。

他想到他的杂货店,想到那里出售的所有东西。他在脑海中来回奔跑,顾客们把杂货店挤得水泄不通,争夺着外套、梳子、椅子、帽子、蛋糕,把它们甩到地上,又把柜台推翻在地,大喊着这家杂货店在他们眼中什么都不是。

他努力回忆有什么东西是店里不卖的。一定有的,他想。总有一天,店里会进来一位顾客,他着急忙慌地想要什么东西,我却只能对他说:"只可惜……"他会失声痛哭,冲出店门,对着所有人大喊大叫:"所有物品均待售……是啊是啊……"

他望着天花板,期盼着那里有谁能听见他的心声，比如夜虫。

"你知道我最想要的是什么吗？"他轻声问道。

没有任何回应。

"就是所有东西售罄，所有，销售一空，然后，我会用一道粗粗的横线把'所有物品均待售'画掉，写上'没有物品待售'，然后在下面加上'就连太阳、月亮和星星也不卖'。我坐在我的柜台底下，听着动物们在屋外哼哼唧唧、嘤嘤嗡嗡，耷拉肩膀（有些是听得见的），纷纷回家，我却一跃而起，在空空荡荡的杂货店里，在空空荡荡的柜子间翩翩起舞、高声歌唱：'售罄，彻底售罄……'"

他戛然而止。他知道没有人听得见他的话，他也知道自己的杂货店里总是有所有物品待售，除了太阳、月亮和星星，他还知道每当太阳升起，他就会起身，穿上他的店员服，打开门，卖一把新刷子给刺猬，卖一套新鞋带给蜈蚣，再卖一块手帕给某个这天想伤心一番的人。

然后，他便睡着了。

25

一天早晨,一封信从门缝底下钻进蚱蜢的杂货店。

亲爱的蚱蜢:

你卖伪装服吗?我很想买一套伪装服。如果有两套就更好了。

一套是普通的、日常的伪装服,让我不那么显眼。

如果有人看见了穿着它的我,之后又遇到别的人,别的人问:你有没有在路上见到什么显眼的人,他就会说:没有,说起来,我今天没有见到任何显眼的人。

可是，你刚才没有遇见水母吗？水母？那个外表奇丑无比、油光水滑的东西？

是的，那个。没有，我没有遇见他，我只遇见了一个不显眼的人。

就是这样的伪装服。

我还想要一套欢庆场合时能穿的伪装服。

如果有人看见了穿着它的我，他就会热情似火地想拥抱我。

还从没有人热情似火地拥抱过我。

你的库存里肯定有这样一套欢庆的伪装服吧？

我想变得和别人一样，一样幸福，你明白吗？

此刻的我一点儿也不幸福。

奇丑无比的外表和幸福格格不入。

伪装服和幸福却气味相投。难道不是吗？

你觉得呢？如果我伪装起来，我真的能成为别的模样还是依旧是水母模样？我所受的苦难会不会更甚于此刻所受的苦难，因为我知道自己实际上是什么，却不能诚实以待？

不，还是算了吧。不要伪装。什么都不要。我什么都不需要。

我就这样继续生活，奇丑无比、油光水滑。

你应该成为我。

水母

26

田鼠很想从蚱蜢的杂货店里买点什么,可是,他不知道自己该买什么。

他想:我很想带着新买的东西回家,把它放在房间的角落里,爬上床,立刻睡着。明天,我想跟平日里的每一个早晨一样,醒来时不知道自己在哪里,环顾四周,然后想:哦,对了,我住在这里……这是我的房间……这是我的桌子……那是我的外套……可是角落里那个东西,那是什么?

然后,我要下床,走到它跟前,把它捧在手里,然后在一瞬间想起,我昨天去了蚱蜢的杂货店。

这是我买的吗?

我想惊讶得昏倒在地。

田鼠最喜欢的莫过于惊讶得昏倒在地。他最爱做的事就是整天摇头晃脑，皱起眉头，自言自语："怎么会有这样的事？！"

他站在窗户跟前。树叶纷纷扬扬地从树上落下，太阳从低矮的灌木丛后露出脑袋，照射着他的屋子。已经是秋天了，冬天就快来了。

它必须是一件我不需要的东西……他想。

田鼠环顾四周，琢磨着自己需要的东西有哪些。一张新桌子、一件新大衣、一双新靴子、一把新梳子。他尤其急需一把新的梳子。

他想：所有这些东西都不行，尤其不能是梳子。

他点点头。我必须碰巧买点什么……他想。可是，怎么才能碰巧买点什么呢？

他不知道。是闭着眼睛买吗？或者我应该让蚱蜢帮我找一个我既不需要又永远不会想到的东西？

他思考了整整一天，掂量要不要咨询别人的意见，但是，他终于还是认定好的意见和好的运气或许不会结伴而行。

眼看着傍晚即将来临，他终于出门了。

他赶在关门前的一刻走进蚱蜢的杂货店。他闭上眼睛，抓起一件东西，说道："我要买这个。"接着，蚱蜢说："好的。"他随即走出店门，把那个东西夹在腋下，冲进森林，回到家里，把那个东西丢进角落，爬上床，立刻睡了过去。

27

蚱蜢出售的东西中也包括伤心。但凡想要伤心的人就可以从他这里买走一点伤心。

抑或是哀愁,又或是对从前的怀念。他什么都卖。

不过,他从来不会一次性出售很多。

每当动物们问他为什么每次只卖一小点儿的时候,他总是说,如果不这样做的话,那么伤心就不再是伤心,哀愁也不再是哀愁。

"那会是什么?"

"是疼痛。"

这恰恰是他不愿意出售的。

一直以来,他都担心有人来买疼痛,当作礼物送给别人。

"我给你带来了一份礼物。给。"

"你真好!谢谢你。这是什么?"

"是从蚱蜢的杂货店买来的。拆开看看吧。"

"蚱蜢那里!那一定是好东西……哎哟!哎哟!哎哟!"

他宁愿出售太阳,出售星星,出售自己的杂货店,出售自己最好看的外套(一件金外套),出售自己的触角,甚至出售自己,也不愿意出售疼痛。

前来购买疼痛的动物们离开时只带走了一点点伤心,或者一点点哀愁,或者一丁点儿对从前的怀念——尽管谁也不知道什么是从前,谁也没去过从前。蚱蜢却只出售对于从前的怀念。

28

临近傍晚,蜉蝣飞进了蚱蜢的杂货店。

他的日子接近尾声,他看上去苍老而又伤心。

"你好,蚱蜢。"他说。

"你好,蜉蝣。"蚱蜢说。

蜉蝣落在柜台上,环顾四周。

"我希望自己能多活一夜,蚱蜢。"他说,他哽咽了。"我还有那么多想做的事……"他的眼里满是泪水。"我多想跟别人说一句'明天见'。"他又哽咽了一下,然后小声说道:"我还从来没有说过这句话呢。"

蚱蜢一言不发地走到他的库存柜跟前,拉开一个抽屉,从里面掏出一个东西。

"给,"他说,"这是给你的。"

"这是什么?"蜉蝣问。

就在这时,他看清楚了那是什么:那是一天,整整一天,连带着早晨、下午和晚上,连带着日出和日落,连带着黎明和黄昏,连带着由好几十分钟组成的小时,而每一分钟又是由好几十秒钟组成的。

"这些都是给我的吗?"蜉蝣问。他瞪大双眼,难以置信地看着蚱蜢。

"是的。"蚱蜢说。

蜉蝣蹦到柜台上,在杂货店里,在天花板下面、吊灯周围、窗帘和纱帘之间来回飞舞,响亮地嗡嗡直叫:"你知道我现在变成什么了吗?拥有两天的蜉蝣!"

眼看着就要从蚱蜢头顶飞过,他突然喊道:"时间再也不会流逝!两天……整整两天……想想看吧!"

蚱蜢没有说话。他猜想蜉蝣肯定从来没有听说过后天和下个星期。他看着地面,小心翼翼地用触角挠了挠后脑勺。

这时,蜉蝣飞出杂货店,嚷嚷着要告诉所有人,他明天会挨家挨户地去做客;他明天晚上还要办一场派对,白天要给每个人都写一封信;他明天还要游览沙漠和海洋,然后建造一栋带棚子的房子,用来存放时间,房子的后面还有一座花园,花园里有一个凉亭,他能在里面做白日梦,直到日落;他还有其他一千件明天要做的事情。

蚱蜢望着他离去的背影,很想知道他会不会在第二天傍晚再度光临。

他的库存里还有一两天呢。

29

一天下午，杂货店里没有顾客。太阳高挂，于是蚱蜢从身后关上了杂货店的门，朝着小河走去。

他来到柳树下，坐了下来，向后靠去，聆听着小河的潺潺声。

这里好美啊，他想。

正当他坐在那里的时候，白斑狗鱼从水里探出脑袋。

"你好，蚱蜢。"他说。

"你好，白斑狗鱼。"蚱蜢说。

白斑狗鱼吸了几大口气，清了清嗓子，然后问道："说实话，你卖不卖洪水？"

"洪水……"蚱蜢说。他努力回忆那玩意儿在哪里。

突然，他想起来了。

"卖的。"他说。

"我明天打算开一场派对，"白斑狗鱼说，"我邀请了周边的一些动物。派对不大，可是，我们很想多一点空间。只要一场小小的洪水，我们就能在河堤上跳舞了。这里，就在这芦苇之间，空间有点狭窄。青蛙也会来。河狸还会唱歌。"

"好的，"蚱蜢说，"我明天把它送来。一场小洪水。"

"最好是一场喜庆一些的洪水。"白斑狗鱼说。

"好的。"蚱蜢一边说，一边尽力回想自己库存里的洪水够不够喜庆。

白斑狗鱼开心地撇了撇嘴唇，提前向蚱蜢表达了诚挚的谢意。他赶忙着手准备他的派对，转身消失在深处。

蚱蜢一边朝家走去，一边思考着要怎么把洪水包好，又要怎么把它送到小河边。

这些问题太复杂了，他一时之间想不出一个答案。但是，它们并不是无解的难题。在他看来，世界上没有无解的难题。

30

蚱蜢在杂货店的一面墙上挂了一块牌子,牌子上写着"终点"。

从杂货店营业之初起,这块牌子就一直挂在那里。

从没有人想买它,也没有人对它表示过一丝一毫的兴趣。

这块牌子给蚱蜢带来了困扰。

他想:我明白为什么没有人想买它。我这里又不卖写着"起点"或"中间点"的牌子。

他觉得这块牌子很多余。

一天晚上,他把牌子从墙上取下来,带着它走进森林,把它丢在橡树背后的荨麻和蕨类植物之间。

第二天，蚂蚁和松鼠从旁边经过时，看见了它。

他们停下脚步，看了看上面的字。

"这里会是终点吗？"松鼠问，"可是，这里又是什么东西的终点呢？"

"一切的终点。"蚂蚁说。

他们掀开牌子看了看。

在牌子的背后，一朵毛茛正在绽放。

"那是最后一朵毛茛。"蚂蚁说。

在毛茛的后面还立着一株枯萎的蓟，蓟的后面是一朵日渐凋零、几近倒塌的罂粟花。

"都是最后一朵。"蚂蚁说。他清了清嗓子，然后小声地、含混不清地说道："跟我们一样。"

松鼠瑟瑟发抖，他说他很冷。他想离开这里。蚂蚁很赞成。

太阳从云朵后面露出笑脸。他们朝着小河走去。离得老远，他们就看见了波光粼粼的水面。

"事实上，它只是一块牌子。"蚂蚁一边说，一边在柳树下的草地上坐了下来。

"是的。"松鼠说。

"真正的终点不在那里。"

"是的。"

"它不在任何地方。"蚂蚁说。

松鼠默默地望着小河。

31

老鼠来到蚱蜢的杂货店里,他想买一份演讲稿,用来在当天下午的生日庆典上发表。

可是,蚱蜢心不在焉地给了他一份错误的演讲稿。

临近傍晚的时候,动物们聚在一起庆祝老鼠的生日。他们吃着蛋糕,翩翩起舞,懒洋洋地躺在老鼠家门前的草地上。

等他们都坐下来之后,老鼠清了清嗓子,开始发表演讲。

"亲爱的动物们。"他说道。他环顾四周,所有动物都在点头、微笑。他们很高兴当一回演讲的听众。

"对于你们的到来,我非常高兴,"老鼠继续说,

"我知道，你们是费尽千辛万苦才来到这里的。你们之中的许多人之前从来没有来过这个地方。是啊，你们肯定常常在森林里参加生日派对。在蟋蟀家或者老鼠家……你们肯定每一次都笑得前仰后合，不知不觉中就吃掉了蛋糕。又或者，你们被迫听老鼠发表没完没了的演讲，后来都睡着了。那些演讲可真无聊啊！可是，在这里，在大海的中央……"

老鼠默不作声，看了看手里的演讲稿。

他的内心燃起一种奇怪的感觉，直蹿向喉咙。他的喉咙仿佛被一只手掐住了。

他看向动物们。

他们依然微笑着，缓缓地向后靠去，闭着眼睛，赞许地点着头。

演讲稿从他的指间滑落，他说："因此，我作为老鼠欢迎，我向在座的每一位致以完全没有借此机会特别的尽管如此诚然衷心非凡的庆典的享用感谢。"

在他看来，这些都是演讲中惯用的词语，只不过，他不知道该怎么把它们摆放到正确的位置上。

他没有再继续说话，而是端起最后一块蛋糕，把它吃了个精光，然后擦了擦嘴，与动物们挨坐在一起，向后一靠，闭上眼睛，进入了梦乡。

32

甲虫想买绝望。真正的绝望。

"我的绝望是假象的绝望,蚱蜢,"他说,"我只是装作绝望的样子。我根本不绝望。"

他望着蚱蜢,眼里满是伤心,蚱蜢不得不将目光垂向地面。他看见几粒灰尘,打算等甲虫离开后就把它们清扫干净。

"事实上,我非常高兴。"甲虫说。他抓住蚱蜢的肩膀说道:"我的感受应该有另外一个名字。不是绝望,而是色望[①]之类的。我很色望。"

他紧抓着蚱蜢的手松开了,他哭了起来,一把扯

[①] "色望"与下文的"疼甬"均为臆造的词语,分别根据"绝望""疼痛"的字形而来。

下自己的盔甲,把它狠狠地砸在地上,任由它摔得四分五裂。

"全是假象,蚱蜢,"他说,"那些眼泪、砸盔甲的动作、触角的断裂声……"

他把两根触角伸到蚱蜢面前,发出断裂声,仿佛疼得直跺脚。

"假象的疼痛,"他喃喃地说,"疼痛。"

蚱蜢走到一个柜子跟前找了找,然后拿来了真正的绝望。

甲虫仔细地看了看那个黑乎乎的东西,问道:"这是纯粹的绝望吗?里面没有接纳吧?"

"是的,"蚱蜢说,"纯粹的绝望,没有加接纳,也没有加一丝一毫的希望。"

甲虫把绝望紧紧地抱在怀里。他简直光芒万丈。他小声说道:"现在,我拥有了真正的绝望,现在,我知道了生活是毫无希望的。"

他迈了几个小小的舞步,说道:"现在,未来对我来说已经毫无意义了,蚱蜢。"

"是的。"蚱蜢说。他还从来没有卖出过绝望,因此诧异于刚才的舞步。

甲虫耷拉着脑袋,一言不发地离开了。他一个胳肢窝里夹着绝望,另一个胳肢窝里夹着破碎的盔甲,离开了杂货店。

蚱蜢小心翼翼地用两根手指捏着甲虫留在柜台上

的绝望的假象,把它拎起来,放在屋后某个柜子最高处的隔板上。

  我不会卖掉它。当我看见我的金外套上有了一个斑点时,我会带着它去参加刃齿虎的派对。到时候,我就说自己羞愧极了,心里极度绝望。

33

一天晚上，蚱蜢刚刚上床，屋外风雨交加，蚱蜢的屋顶和墙壁吱嘎作响，就连他杂货店里的库存也都发出丁零当啷的响声，蚱蜢想到了这天来他店里买过东西的动物们：刺猬买了一把刷子，熊买了一个蛋糕，大象买了一把梯子，蟋蟀买了一个小小的木头哨子。

他又想起常常来店里买东西的动物们，有些动物甚至每天都来，也有些动物从来不买东西。

他想：怎么会有动物从来不需要买东西呢？

他也不知道。

忽然，他想：也许，他们在生我的气。也许，我伤害过他们。

他不禁颤抖起来,于是,他盖上了被子。在他看来,伤害别人实在太可怕了。

他紧闭双眼,脑海中出现一个动物,他在遥远的地方迎风呐喊:"蚱蜢!你伤害了我!现在该轮到我了!"他朝着蚱蜢的杂货店冲将而来,但不是为了买东西,而是为了伤害他。

夜深了。

外面一个人也没有。

那个不知名的动物渐渐逼近。

蚱蜢想从床上蹦起来,可是,他蹦不起来。他的身上压满了石头。

"啊,那里就是蚱蜢的杂货店了……啊哈……我该怎么对付他呢……一把火烧了,这个办法似乎还不错……"

蚱蜢很想呐喊:"为什么?""我怎么伤害您了?"以及"您是谁?"还有:"您喜欢什么就选吧!您什么都可以拿走!来件新外套?十件新外套?一百件?您全部拿走吧!"可是,他的喉咙上压着石头,就连他的嘴巴里也含了一块石头。

"是啊,一把火烧了……这个办法似乎还不错……这样,我不费吹灰之力就能暖手了……呼,真冷啊……"

风越吹越猛,闪电和雷声愈演愈烈。

"好了,害人精,害人的害人鬼!"那个动物在屋外大喊。

听到这里,蚱蜢一跃而起。压在他身上的石头散落一地,嘴巴里的石头也被他吐了出来。

他冲进杂货店。

那里一个人也没有。

屋外的风雨已经停了,月光透过橱窗友善而又温和地映射进来,照亮了屋子里的物品:帽子、外套、手套、彩带、扫帚。

蚱蜢深吸一口气,倚靠着柜台。

这里一个人也没有,他想。他摇了摇头。

忽然,他又想:这里原本是可以有人的。谁知道呢?明明有人可以一把火烧了我的杂货店。毕竟,我肯定做过什么伤害人的事情。

想到这里,他回到床上,钻进被窝。

屋外又一次风雨交加,只是这一次,没有人去蚱蜢的杂货店放火。蚱蜢睡着了。

34

大象走进蚱蜢的杂货店,浑身上下满是鼓包和划痕。他阴郁地看着蚱蜢。

"我今天已经爬了五棵树了,"他说,"橡树、椴树、山毛榉、槭树,还有白杨树。"他揉了揉后脑勺,"我再也爬不动了。"

"你不想坐一会儿吗?"蚱蜢问。

"想。"大象说。

蚱蜢为他搬来一把椅子,包扎了他的伤口,又赶忙泡了一大壶茶。

不一会儿,大象吸溜、吸溜地喝着茶,边喝边说:"你有反感吗,蚱蜢?对攀爬的反感。"

蚱蜢在杂货店后面的一个柜子里存放了极少,甚至从来卖不出去的东西：失望、抱歉、嫉妒、疼痛、忘恩……

他从那个柜子里取来反感，摆到大象面前。

大象看了看，问道："这是对攀爬的反感吗？该不会是对其他东西的反感吧？比如对跳舞之类的。"

"不会的，"蚱蜢说，"只有对攀爬的反感。"在此之前，他唯一卖出去的反感是对蛋糕的反感，不过，它的形状很不一样。

大象接连喝了五杯茶，然后走出杂货店，心里充满了对长鼻子的反感。

蚱蜢望着他离去的背影。

他看见大象在杂货店对面的榆树跟前停下了脚步，抬头仰望。他听见大象说："攀爬？这棵树？想都别想！"尽管如此，大象却站着没动，似乎在犹豫。

蚱蜢想：他太难了。也许，我本应该多卖一点儿反感给他的。或者厌恶。我为什么没有卖给他对攀爬的厌恶呢？

他看见大象无精打采地在榆树下的草地上迈了几个舞步，摔倒在地，站起身，咳了两声，而后走远。

这是美好的一天。这一天里，大象再也没有爬任何一棵树。

临近黄昏的时候，大象回到杂货店里，把反感放在柜台上。

"你有靠垫吗？"他问。

蚱蜢点点头，从柜子里掏出一个大大的、软软的靠垫，递给大象。

"我要把它放在大树下，"大象说，"我已经非爬不可了。"他一脸严肃地看着蚱蜢，"事实就是这样。不管反感不反感。"

蚱蜢沉默不语。

大象叹了一口气，用脑袋砸了几下靠垫，想看看它到底够不够软。

"我有遮挡的东西。"蚱蜢说。

可是，大象摇了摇头。

他看着柜台上方的吊灯，皱起了眉头。"我可以把靠垫放在那盏灯底下，然后挂在灯上荡秋千吗，蚱蜢？"他问，"我已经很久没有挂在灯上荡秋千了。有了靠垫，就没什么要紧的了，不是吗？"

蚱蜢沉默不语。不一会儿，大象就挂在柜台上方的吊灯上荡起了秋千。

"荡秋千可真惬意啊，蚱蜢！"他喊道。

就在这时，他连人带灯从天花板上掉了下来，落在靠垫上。

吊灯碎了一地，大象却高喊着："我没有撞出鼓包！这个靠垫棒极了，蚱蜢！我买了！它正是我梦寐以求的！"

他用长鼻子卷起靠垫，快乐地走出杂货店。他高兴得简直要跳起来。

　　蚱蜢把碎片扫成一堆。

　　这是我工作的一部分……他想。

　　况且，他还有足够的吊灯库存。他立刻在天花板上安了一盏全新的铁灯。

　　他想：拥有这样一家杂货店可真幸运啊！随后，他关上门，走到杂货店后面的屋子里，吃了点东西。

35

犀牛和河马几乎同时到达蚱蜢的杂货店。

蚱蜢站在柜台后面,为貂包装他刚刚买下的小剪刀。

"给,貂。"他说。

"谢谢你,蚱蜢。"貂说。他拿起剪刀,离开了杂货店。

"轮到谁了?"蚱蜢问。

"我。"犀牛说。

"不对,是我。"河马说。

"哦,不,是我,我是第一个。"

"但是,是我先进来的。"

"可是我已经在橱窗跟前看了很长时间。"

"橱窗跟前,橱窗跟前……站在橱窗跟前算得了什么?我今天一清早就打算买东西了。"

"我昨天就有买东西的计划了。昨天一清早,我刚刚醒来的时候。"

"我前天就有了。"

"前天……你连前天是什么时候都不知道。"

"知道的!"

"那是什么时候?"

河马思考了一会儿,然后回答:"我是去年,早在我的生日之前就计划好了今天要买东西。"

"你计划好了要买什么?"

"去年太久远了,我怎么会记得?"

"我更早的时候就决定了。"

"我早在你没来到这个世界的时候就决定了。"

"哦,是吗?那时候,你也没来到这个世界呢。"

"是的。可是,我那时候就已经决定了。我的意念先于我来到这个世界。世界上还没有任何东西的时候,它就已经在空中飘荡了。那时候,还没有整个世界,没有太阳,这里一片漆黑,寒冷而又安静,可是,早在那个时候,我今天要到蚱蜢的杂货店里买东西的意念就已经四处飘荡了。"

随之而来的是一阵沉默。

接着,犀牛说:"我们喝茶吧!"

"去哪儿喝?"

"去我家喝。"

"你有什么配餐吗?"

"有干草和生姜。"

"好的。"

他们离开杂货店,走进森林。

蚱蜢听见犀牛的问题:"你到底会不会跳探戈,河马?"

"会的。"

"那我们待会儿跳舞吧!"

"好的。"

"我领舞。"

再后来的话,蚱蜢就听不见了。

他想:探戈,我还从来没有跳过探戈呢。他希望此刻就是冬天,外面天寒地冻,店里只有一名顾客,他什么都不想买,只想跟蚱蜢跳舞,先跳华尔兹,再跳探戈。

36

一天早晨,长颈鹿刚刚带着几个用来套小短角的崭新的、赭石色的角套走出杂货店,蚱蜢就听见柜台里传来一记沉闷的响声。

不一会儿,木虫就探出了脑袋。

"我在哪儿?"他问。

"在我的杂货店里。"蚱蜢说。

"我在这里做什么?"

"也许,您是来买什么东西的。"

"买东西?买什么东西?"

"我不知道。我这里什么都卖。"

木虫环顾四周,却没有看见任何他想买的东西。

"我可以在这里卖东西吗?"他问。

"什么东西？"蚱蜢问。

"朽木。"

蚱蜢不由得思考了一会儿，可是，木虫已经从柜台深处掏出了许多朽木，把它们堆得高高的，朝着蚱蜢的方向吹去，还说他已经很久没有这么开心过了。他问蚱蜢能不能给他泡一杯茶，让他多享受一会儿这份开心。

他们喝了茶，聊起了钻洞、售卖以及二者的相同之处。

随后，木虫的身影便消失在杂货店墙角下的一块壁板里。

不一会儿，蚱蜢听见他在天花板上制造出了一些动静，紧接着，两块木板掉落下来。

"这块木头也太薄了。"他听见木虫喃喃自语。

他封住柜台上的洞，收起茶杯，把朽木扫成一堆，装进一个巨大的罐子里，塞到装有灰尘的罐子后面、装有铁锈和泥浆的罐子之间。这些罐子里的东西已经许多年都没有卖过了。至于天花板上的洞嘛，之后再说吧。

37

蚱蜢锁上门,往窗口挂上一块牌子,告诉大家杂货店关门了,但是稍后就会开门。

天色还早。

他想:我想独自待着。我想四处看看,我想拾起所有东西,用我的触角抚摸它们,闻一闻,再放下,我想感受心脏的跳动。

我什么都不需要,但是,我想让自己觉得自己需要某个东西,某个十分重要的东西,某个能给我的生活带来决定性改变的东西。

他站在杂货店的正中央一动不动。

一个决定性的改变……他想。他把这几个字默念了十几遍,眼睁睁地看着生活从他眼前闪过。生活穿着一件黑色的外套，沿着一条长长的、满是尘埃的路向前走。突然，它扭头跑进一旁的田野里。

那里没有道路，那里无人居住，那里什么都没有。

它跑啊跑。我的生活就这样离开了……蚱蜢想。"再见，我的生活！"他喊道。可是，他的生活连头也没有回。它仿佛被别人步步紧跟。可是，它的身后一个人也没有。

看来，这就是一个决定性的改变……蚱蜢想。他摇了摇头，望着他的生活渐行渐远，望着它身穿黑色外套，沿着那条长长的、满是尘埃的道路向前走。那条路似乎没有尽头。

他叹了一口气，环顾四周。他看见所有等待出售的东西。于是，他拿起一顶帽子，把它戴在头上，抄起一根拐杖，用力挥舞。

突然，他莫名其妙地跳上柜台，身穿火红的外套，头戴蓝色的帽子，挥舞着红木手杖，指向四周。

"我拥有一切，"他喊道，"您听见了吗？一切的一切！"

他踩着高高的鞋，原地转了三圈。

然后，他跳下柜台，穿上日常的店员服，把蓝色的帽子与其他蓝帽子放在一起，把木头拐杖和其他木头拐杖放在一块儿，取下窗口的牌子，打开门锁，迎接今天的第一位客人。

"你好，犀牛。"他说。

"你好，蚱蜢。"犀牛说。

38

熊站在蚱蜢的杂货店正中央,清了清嗓子,然后问蚱蜢卖不卖吃不完的蛋糕。

"这就是蛋糕最糟糕的地方了,蚱蜢,"他说,"片刻过后,它们就快要被吃完了,你早就预见到了,只剩最后一口,之后,或许还能舔一舔嘴唇,但是,它们实实在在被吃完了。这简直太糟糕了。每到那时,我就感到无比孤独,仿佛有人抛弃了我,而且再也不想得到任何关于我的消息。"

他的额头上起了几道皱纹。"这就是蛋糕的**糟糕之处**。"他说。

可是,蚱蜢微笑着说道:"必须有。"他很喜欢这个词。他常常在别人想买某个东西却又坚信这个东西肯定买不到的时候用这个词。"必须有,熊,我有这样的蛋糕。"

他走到杂货店后面的厨房,取来一个小小的、雪白的蛋糕。

"给。"他说。

熊用双手捧起蛋糕,瞪大眼睛仔细地端详起来。他一边喃喃自语,一边冲出杂货店。

他原本打算回到家再吃这个蛋糕,可是,刚刚走出杂货店,他就忍不住在门口咬了一口。

这是狠狠的一大口。蛋糕就是蛋糕,他想。

这个蛋糕甜甜的。

也许,它算不上是他吃过的最好吃的蛋糕,不过,它依然是一个很不错的蛋糕。

他把嘴里的蛋糕咽了下去,却发现蛋糕并没有变小。

他又咬了一口,接着又是一口,然后一边吃,一边朝家走去。可是,蛋糕并没有被吃完。

就是它了!他想。要的就是这样的蛋糕。

可是,他并没有回到家。在森林深处,在吃了一百多口蛋糕后,他瘫倒在地,手里还捧着蛋糕。

这天晚上,当别的动物们找到他时,他就是这副模样。

他们把他拎起来,背回家,放在床上。

蛋糕被他们丢进了小河里。他们亲眼看着它顺流而下，消失在远方。大海会接待它的。

"可怜的熊。"他们说。他们不明白为什么熊从这个蛋糕中得到的幸福感这么少。

39

第二天早晨,熊再次来到蚱蜢的杂货店。

他看上去心烦意乱。

他的肚子还鼓鼓囊囊的。他面色惨白,皮肤上布满了斑点,双眼空洞无神。

蚱蜢热情地接待了他。

"你好,熊。"他说。

"你好,蚱蜢。"熊用嘶哑的嗓音说道。

他一言不发地站了一会儿。

随后,他问蚱蜢卖不卖另一种蛋糕。"我不知道该怎么形容它,蚱蜢。它是反蛋糕,就是一种表示反对的蛋糕,一种敌对的蛋糕……"

"必须有。"蚱蜢一边说,一边兴奋不已地点头,

"我也卖这种蛋糕。"

他从柜子上取下一个蛋糕,交给熊。

这是一个巨大的、粉红色的蛋糕,看上去十分可口。可是,当熊把它捧在掌心里的时候,它仿佛像被注入了一根铁羽毛一般。它对这一刻期盼已久。蛋糕以巨大的力量砸在熊的脸上,钻进他的嘴巴和鼻孔。

蛋糕的味道太可怕了。

蛋糕紧抓住熊不松手,不让他吐出来,也不让他擤鼻子。

熊与蛋糕抗争着、蹒跚着、踉跄着、呻吟着,连滚带爬地离开了蚱蜢的杂货店。

所有见到他的动物都用关切的目光目送他离开。

然而,蚱蜢耸了耸肩膀,断定熊明天还会出现在他的店里,买一个普普通通的蛋糕。

"就要最普通的蛋糕,蚱蜢。带很多蜂蜜的,这个不能少。"

他会锁上门,泡好茶,和熊一起坐在杂货店后面的沙发上,喝着茶,吃着带很多蜂蜜的蛋糕。

熊会陶醉地哼唱起来。

40

萤火虫想买光芒。只不过,他想买的不是普通的光芒,而是绚烂夺目的光芒。

"我想让所有人对我刮目相看。"他说。

蚱蜢看着他,一句话也没有说。

"或者充满畏惧,"萤火虫说,"或者,当我突然出现在他们面前时,他们就会耷拉着眼皮。"

蚱蜢点点头,把他想要的光芒卖给了他。

这天晚上,森林被一道绚烂夺目的光芒点亮了,所有身处户外的动物赶忙用手遮住眼睛,鼹鼠和蚯蚓爬到地窖里,猫头鹰和蝙蝠足不出户,想睡觉的动物纷纷用被子蒙住全身,把脑袋缩进双脚之间。

"那道光芒,那就是我。"萤火虫喊道。

可是,他的声音一如既往地微弱,谁也没有听见。

他想:明天,我要闪闪发光地回到蚱蜢的店里去。到时候,我要买一份震耳欲聋的嗓音。然后,我会把真相告诉所有人。不是普普通通的真相,而是彻彻底底的真相。我会告诉他们,振聋发聩。跟我相比,打雷声什么都不是!

就在他买来的光芒所剩无几的时候,他想:哦,要是有人能被我吓得瑟瑟发抖就好了,哪怕只有一个人,真正地瑟瑟发抖。

他叹了一口气,在灌木丛中沉沉地睡去。月亮从云朵后面爬了出来,全世界都被它宁静、幽暗、无人畏惧的光芒点亮了。

41

夜深了,蚱蜢怎么也睡不着。他直挺挺地坐在床上,清点着自己想卖的东西,比如:

白日梦

水银

预感

全新的视野

跳跃的思维

薄冰

吹雪

腌野芝麻

内心的愉悦

丝绸窗帘

柳叶茶

谈话主题

对未来的期待

带肩扣的泡泡袖外套

就算不刮风也会摇曳的外套

历险记

他常常盘点这张清单,然后画去被卖掉的东西。

归根结底,他想卖出所有的东西:森林、土地、天空、全世界。

又一次,他在深夜里突然想:甚至还有我自己。

周围一片漆黑。他试图看向天花板,却什么也看不到。也许,我应该把自己送出去……他想。先到先得。随便是谁,一次性拿走。仿佛是一份小礼物。给,这是给你的。哦,你真好,谢谢你,这是什么东西?是我。

随后,他便睡着了。

42

秋日里一个阴冷的午后,磕头虫走进蚱蜢的杂货店。

"你好,蚱蜢。"他说。

"你好,磕头虫。"蚱蜢说。

磕头虫停下脚步,环顾四周,皱起了眉头。

"你这里什么都卖,对吧?"他说。

"是的,"蚱蜢说,"除了太阳、月亮和星星。"

"这么说来,也包括这个柜台喽?"

"是的,呃……"

"那就把它给我吧。还有那两扇窗户,还有橱窗。"

蚱蜢没有回答。

"喀,这样吧,"磕头虫说,"整个杂货店都给我吧。这样做最方便了。"

蚱蜢依然没有回答。他还从来没有思考过卖掉整家杂货店的事呢。

"还有你身上的衣服,"磕头虫说,"我也要了。"

"我有很多很多衣服等着出售。"蚱蜢说。他一跃而起,拉开柜门,展示成百上千件衣服。

"不要,"磕头虫说,"我就要你身上的那件衣服。"

他向前跨了一步,在蚱蜢陈旧的绿衣服的袖子上搓了几下。

就在那一刻,犀牛走进了杂货店。他想买一顶新帽子。

"您能帮帮我们吗?"磕头虫问。

"当然了,"犀牛说,"您说吧,要我帮什么。"

不一会儿,犀牛和蚱蜢一同抬起整家杂货店,把它搬到磕头虫的背上。

他们把衣服摆在最上面。

"再见,蚱蜢。"磕头虫从牙缝里挤出这几个字。

"再见,磕头虫,"蚱蜢说,"谢谢你。"他面色苍白,一屁股坐在地上,身上没有了外套。

犀牛走进森林,嘴里嘟囔着自己暂时戴着旧帽子算了。反正天也不是那么冷。

磕头虫往前走了几步,然后跪倒在地。

杂货店从他的背上滑落下来,掉在地上。

"不行。"他说。

"是的。"蚱蜢说。

磕头虫上气不接下气。蚱蜢捡起衣服,重新穿到身上。"我很冷。"他说。

他走进杂货店,从柜子里取出一件厚厚的、黑色的外套,递给磕头虫。

"给,"他说,"穿上吧,它比我的外套更暖和。"

磕头虫穿上外套,静静地站了一会儿,似乎想说些什么。可是,他什么也没说,默默地走向森林,身上还穿着他的新外套。

蚱蜢想:能留下这家杂货店,我很高兴。他走进屋里。屋外越来越冷,天空中下起雨来。

43

蜈蚣想买新鞋子。

蚱蜢帮他穿上了第一双。那是一双浅蓝色的鞋子，带有些许鞋跟。可是，蜈蚣觉得这个颜色与他黄色的外套不相称，想换一双深蓝色的平底鞋。可是，试过之后，他又想换一双红色的鞋子套在前腿上试试。那是所有人一眼就能看到的东西。

日上三竿的时候，他选出了两双鞋子，临近傍晚时，他又选出了第三双。

其他想买东西的动物排队等候着。

这天夜里，蜈蚣在蚱蜢家留宿，以便第二天一早就能继续试鞋。

一个星期过后，蜈蚣选出了八十八双鞋子。

"我们取得了一些进展，蚱蜢。"他一边说，一边掂量着给第八十九双脚穿上了一对亮闪闪的、紫罗兰色的套鞋。

与此同时，等候在屋外的动物们盖起了房子，等不及庆祝起了生日。

当蜈蚣试到第一百四十九双鞋的时候，冬天来了。当他试到第三百一十一双鞋的时候，春天到了。

动物们已经忘记了自己要买什么。但是，他们依然等候着。

所有人都来了，围在蚱蜢的杂货店四周。鲸和白斑狗鱼这些从来不上陆地的动物纷纷等候在小河里，藏在柳树边的芦苇之间。他们时不时地从水面上探出脑袋，打听蜈蚣试得怎么样了。

每到那时，海鸥便飞向蚱蜢的杂货店，透过窗户张望，数一数蜈蚣穿着新鞋的脚，然后飞回小河旁。

"试到第四百五十五双脚了。"他说。又或是"试到第五百七十三双脚了"。于是，鲸、白斑狗鱼和其他几个动物便决定再多喝几杯茶，或者找一些其他乐子。

44

狐獴在蚱蜢的橱窗前看了看,然后摇了摇头。

"不了,我不需要它,"他喃喃地说,"那个也不需要,那个就更不需要了。"

过了一会儿,他走进杂货店,环顾四周,又一次摇了摇头。

"你要买什么吗?"蚱蜢问,"要什么特别的东西?"

"不要,"狐獴说,"恰恰就是这样。无论我多么努力地想,我都不需要任何东西。"

蚱蜢点点头。

"这种感觉糟糕透了,"狐獴说,"我非常希望买些什么东西,一些我需要的东西。"

他打开柜子,爬到梯子上,看了看高处的隔板。

然而,他每每都摇摇头。

"我想要自己需要什么东西,"他用尖厉的嗓音喊道,"我不想要自己什么东西都不需要!可是,我什么都不需要。"

蚱蜢很想帮他。于是,他历数了所有狐獴可能想要的东西,甚至还有他可能需要的东西:一把梳子、一个盘子、一支牙刷、一把毛刷、一个屋顶、一件外套、一双长袜、一条被子、一个蛋糕……

"别说了,蚱蜢,"数了好一会儿,狐獴打断了蚱蜢,"这些东西我都想过了。可是,这里面没有任何我想要的东西。"

蚱蜢沉默不语。

狐獴决定离开。他甚至连一杯茶或者一句鼓励的话都不想要。

"不要对我说'再见,狐獴'。"他一边走出门去,一边说。

"好的。"蚱蜢说。

他目送着狐獴的身影消失在树林里。

过了好一会儿,他站在门口,思考着"想要"和"不想要"的问题。他想:假如"想要"和"不想要"之间横着一条河,你想从"想要"去"不想要",于是,你助跑了一段,一跃而起,然而,飞跃到一半时,你突然发现河太宽了,水太急了……

他的思考戛然而止。老鼠戴着沉甸甸的帽子跑了过来。离得老远,他就大喊着自己急着要一顶新帽子。"一顶红色的帽子!上面插着一根羽毛的!"

蚱蜢走进屋里,取出几顶插着羽毛的红帽子。

45

蚯蚓想为自己的生日买一场雨。

"你想买什么样的雨,蚯蚓?"蚱蜢问。

"充沛的雨。"蚯蚓说。他思考了一下,又补充道:"落在身上还有一点凛冽。"

"充沛,还有一点凛冽,"蚱蜢喃喃地说道,"让我看看我有些什么。"

他来到杂货店旁边的棚子里。他在那里存放了上百种不同的雨。不一会儿,他带回了蚯蚓想买的那种雨。

他小心翼翼地把雨包好,交给蚯蚓。

蚯蚓点点头,一句话也没有说,以最快的速度离开了杂货店。

第二天是他的生日。

一大早,他就打开了礼盒。

整整一天,森林以及周围很多地方都迎来了充沛的降雨。

天空中刮起凛冽的风,吹过大树、灌木丛和站在户外吹风的动物们的脊背。

蚯蚓坐在自家门前的泥淖里,一遍又一遍地为自己祝福。

"你好,蚯蚓,生日快乐。"

"谢谢你,蚯蚓,谢谢你,真是美好的一天啊!"

他没有想到,谁也没有来。

他原本烤好的蛋糕变得多余,被雨水冲刷走了。到了下午,汹涌的雨水把他也一同卷走了。

他被冲到了森林边缘的一个泥潭里。他依然能听到、感受到雨水滴滴答答地从天而降。他在心里想:真是一个奇特的生日啊!

直到傍晚时分,雨才停下。

蚯蚓从泥潭里爬出来,寻找回家的路。

他很累,浑身上下都湿漉漉的,可是,他非常满足。

回到家,他吃了一块留在门口的湿透了的蛋糕。他琢磨着是不是有人来做客,却没有遇到他。

他想:也许,我明年应该买一场毛毛雨。或者是一场阵雨,一场小小的阵雨。

想到这里,他钻进淤泥里,闭上了眼睛。

46

犀牛从蚱蜢的杂货店里买了一对翅膀,带着它来到森林的空地上,把它戴在身上。

他助跑了一段,起飞,小心翼翼地扑扇翅膀,从大树之间飞过。

我飞起来了……他想。他不知道自己喜不喜欢飞行,反正他觉得还挺有意思的。的确如此,他想。

飞了一段距离后,他渐渐逼近一块牌子,牌子上写着:

谨防坠落

可是,他每扇一下翅膀,翅膀就会遮挡他的眼睛,以至于他根本没有看见这块牌子。要不然,他一定会掉头或者朝着另一个方向飞去的。

他坠落了。

他躺了很久很久。

终于,他站起身想:喀,每个人都坠落过,这没什么大不了的。

他鼻子上的犀牛角被撞歪了,膝盖也脱臼了。

他步履蹒跚地回到蚱蜢的杂货店,走进屋子,把两片断裂了的翅膀放在柜台上。"也许,别人还能用得上,"他说,"反正我是用不上了。"

他转过身,又步履蹒跚地走了出去,消失在大树之间。

47

有一天,店里一个顾客都没有。到了下午,蚱蜢爬到屋顶上,一边四下张望,一边喊道:"难道没有人需要什么东西吗?"

周围一个人影也没有,但是,他听到了一声回答:"没有。"

蚱蜢分辨不出那是谁的喊声,于是便回答道:"真的没有吗?"

周围鸦雀无声。他想:他们在思考。他们在检查自己是不是真的什么都有了。

他在屋顶上席地而坐。

这一天风和日丽。阳光照耀大地,几朵小小的、洁白的云朵排着队,从天空中飘过。所有能够盛开的大树都盛开了。

他想：也许，我应该关上店门去旅行。去一个真实和不真实之间没有差别的地方。他挠了挠耳后，或者是过生日和不过生日之间没有差别，或者是奇怪和想当然之间，又或者是立刻停下和停不了之间没有差别的地方。

他的脑袋隐隐作痛，仿佛有什么东西想把它打开，却怎么也打不开似的。

就在这时，从四面八方传来响亮而又刚劲的声音："没有。"

蚱蜢吓得一激灵，喊道："什么没有？"

"没有人需要什么东西。"

"哦。"蚱蜢喊道。

他爬下屋顶，坐在屋子跟前的草地上。他思考着需要什么东西和什么都不需要以及它们之间的差别。

我从来都不需要任何东西……他想。他想不出来自己能需要什么样的东西。

可是，就在这个时候，他的脑子里闪过一个念头，那就是一杯茶。

他想：哎呀，我的确需要某个东西。

他走进屋子，泡了一杯茶。

48

骆驼向蚱蜢订购了一扇门。

他写信说自己住在沙漠深处,所以什么东西都没有:没有墙壁,没有地板,没有屋顶,没有窗户,更没有门。任何人都能随意进入他的家。

他在信里说,这样的事情发生过一次,在很久很久以前。那一次,白蚁蓦地来到他家。

他们面面相觑,不知道该说些什么。

之后,白蚁便离开了。

骆驼却在心里想:我再也不要经历这样的事了。

他又等待了几年时光。也许,天上会掉下一扇门。谁知道呢?只是,这样的事并没有发生。

从那以后,他家再也没有来过别的客人,可是,这并不能代表什么。一不小心,他们就会出现在我面前,随意进出,他在信里写道。

他想要一扇厚重的门,上面挂着一块牌子:

先敲三百三十七下,然后不要进来

蚱蜢给他寄去了一扇厚重的门,上面挂着一块那样的牌子。后来,他再也没有得到过任何来自骆驼的消息。

49

蛇鹫给蚱蜢写了一封信。他在信里告诉蚱蜢，自己很乐意使用一些新的标点符号。

他受够了一成不变的逗号和句号，他说，它们玷污了他的信。问号令他头疼，他把问号描述成一个歪歪扭扭的东西，至于感叹号……

"我痛恨感叹号！"他写道，"我祝愿它们走投无路！然而，我还是在使用它们，每封信里都会用！"

蚱蜢读完信，点点头，装了一盒标点符号寄给蛇鹫。那是他刚进的新货。

盒子里装着——

一条线，用来表示一句话远远没有结束

圈圈,用来告知读者他的思路暂时跑偏了

错误号,用来指出之前的那句话有错却又避免了把那句话删除或者擦掉

快乐号,用来表示:快笑(两个快乐号表示大笑不止)

除此之外,并没有定义更详尽的标点符号,可以供蛇鹫自由选择。

几天后,蚱蜢收到了一封他寄来的信:

亲爱的蚱蜢 ♂

谢谢你 ☺☺

我还在适应 ♪

蛇鹫}

50

蚱蜢生病了。

他头疼，肚子疼，背疼，身上还有其他很多种疼痛。

他坐在杂货店的一张椅子上，几乎陷了进去。

每当有人进来想买东西的时候，他就说："请自便。"

于是，对方拿起想要的东西，兴高采烈地离开杂货店。

当天晚些时候，他的病变得越发严重，他觉得更疼了。他连"请自便"都说不出来了，只能指一指物品所在的位置。

动物们并不介意。他们拉开抽屉，借助彼此的肩膀，爬上柜子最高层的隔板看一看，又或是拿到自己想要的东西。

店里的动物越来越多，蚱蜢从椅子上滑落到地上。他还从来没有病得这么严重，从来没有感受过这么多不同的地方同时作痛，还都疼得这么厉害。

他没法指出物品所在的地方。可是，动物们依然不介意。他们彼此帮助。

"绿色的外套？"

"我觉得应该在柜子里。"

"蓝色的外套呢？"

"我猜，在旁边那个柜子里。"

他们跨过蚱蜢，顺利地找到了他们想找的东西。蚱蜢变得碍事时，他们把他推到一旁。他们可不想被他绊倒，摔断骨头。

临近傍晚的时候，杂货店里被挤得水泄不通。所有人都想在这一天买点什么。

地上再也没有地方能容下蚱蜢了。动物们把他抬起来，塞进一个抽屉里。他们在他的胸口上贴了一张便笺：生病的动物。不出售。

不时就有动物拉开抽屉看见他，他们或许会迟疑一下，想把他买走，却在这时看见了便笺，于是点点头，重新关上了抽屉。

夜幕降临了，最后一批客人也离开了杂货店。蚱蜢已经失去了意识。他开始胡言乱语。"待售！待售!"他喊道。

唯独松鼠还在店里。他什么也不需要。下午,他恰好从杂货店门口经过,想进来和蚱蜢聊聊天。

他拉开抽屉,小心翼翼地提起蚱蜢,把他捧到杂货店后面的卧室里,放到床上,然后在他身旁坐了下来。每当蚱蜢高喊"待售!待售!"时,他便回答"别说话",并且在他滚烫滚烫的脑门上放上一块湿帕子。

松鼠一坐就是好几个小时。

半夜时分,蚱蜢抬起眼皮,看见他坐在自己身旁。

"你好,松鼠。"他轻轻地说。

"你好,蚱蜢。"松鼠说。

"我猜,我生病了,对吗?"

"是的。"

他们相视无言。

松鼠一直待到清晨。那时,蚱蜢感觉好些了,身上也不疼了。

于是,松鼠回家了。

51

蟋蟀来到蚱蜢的店里。他蹦到柜台上,原地转了几圈,大声喊道:"耶!"他笑出声来:"这个,蚱蜢,我不再需要它了。"

他翻了一个后空翻,继续说道:"我总是很快乐。我从来不会严肃和伤心。"

他笑得前仰后合,挥舞着触角问道:"你就不能卖我一些严肃吗?"

他一跃而起,抓着柜台上空的吊灯荡起了秋千。他一边荡,一边喊:"我也想感受一下经过深思熟虑的观点。耶!"

蚱蜢点点头。他拿起一些严肃,把它装进一个小袋子里递给蟋蟀。

蟋蟀蹦到地面上，又大喊了一声"耶"，然后把鼻子探到袋子里。

等他抬起头的时候，他的眉头皱成了一团。他用阴郁的目光看着蚱蜢。

"这可不太好。"他说。

"是的。"蟋蟀说。

蟋蟀握了握蚱蜢的手，随后默默地离开了杂货店。

原来，这就是严肃，他想。

他耷拉着脑袋，走在森林里。蚱蜢卖给他的是一份苦涩的严肃，十分沉重。

每当其他动物跟他打招呼时，他总是要费尽九牛二虎之力才能回应他们。而他的回应不过是微微点头。至于想逗他开心的动物，他总是告诉对方，这样的做法是徒劳，正如一切事物都是徒劳。

每当他们开始质疑时，他便问道，难道日落不是徒劳的最佳证明吗？还有花朵的凋零。

谁也不知道该怎么回答。蟋蟀既满足，又严肃而沉重地继续前行。他走向森林深处，越走越远。他没有目的地，仅仅为了等待严肃耗尽，重新恢复快乐，像以往那样快乐。

52

"我总是从你这里买一些庞大的东西,蚱蜢,"有一回,河马说,"你知道的。"

"是的。"蚱蜢说。

"庞大的椅子、庞大的帽子、庞大的床……"

"是的。"蚱蜢又说。

"我自己也挺庞大的,你不觉得吗?"

"喀,"蚱蜢一边说,一边端详着河马灰漆漆的躯体,"还可以。这取决于你对'庞大'的理解。"

"是的,"河马说,"的确如此,这取决于我对这个词的理解。不过,今天,我想向你买一个非常不同的东西。买一个小东西。你能卖给我一个小巧玲珑的东西吗?"

"让我看看。"蚱蜢一边说,一边从橱窗里取出一顶小小的、紫色的帽子,它能不偏不倚地卡在河马的两只耳朵中间。

"这顶小帽子真好,蚱蜢,"河马说,"可是,我想要更小的。"

蚱蜢给他看了一根小棍子,然后又掏出了一根小绳子、一枚别针、一团小绒毛、一粒沙子,最后是一粒灰尘。

河马弯下腰,凑到柜台跟前,看着他们之间的那粒小灰尘,说道:"很小。不过,我想要一个更小的东西。"

蚱蜢掏出一把刀,把小灰尘一切为二。他一口气吹走了其中的一半,留下了另一半。

河马又一次弯下腰,凑到柜台跟前。他把眼睛贴到托盘上,看了很久很久。他坚信自己看到了那半粒灰尘。

他直起身子,说道:"嗯……我不知道……也许,还得再小一点……"

蚱蜢放下手里的刀,说道:"我也可以什么都不卖给你,河马。"

"可以吗?"河马瞪大眼睛问道。

"必须的。"蚱蜢说。他拉开柜子里的一个空抽屉,指了指说道:"你看,什么都没有。"

河马的脸上露出灿烂的笑容。他说:"我要了。

什么都没有。这是世界上最小的东西。"

"不对，"蚱蜢说，"它比最小的东西还要小得多。"

"哦，对了！当然了！"河马喊道。他带上什么都没有，欣喜若狂地冲出杂货店。"再见，蚱蜢。"他着急忙慌地说，"谢谢你！"

"再见，河马。"蚱蜢说。他为河马打开了大门。

53

甲虫走进蚱蜢的杂货店,说道:"我想要死亡。"

蚱蜢站在柜台后面,惊讶地看着他。

"死亡?"他说,"那是什么东西?"

甲虫蹦到柜台上,紧紧地抓住蚱蜢,用力摇晃。

"我想要死亡!现在就要!"

"可是,什么是死亡?"蚱蜢一边问,一边使出浑身解数想摆脱甲虫,"它长什么模样?"

"很丑陋。"

"很丑陋……世界上有那么多丑陋的东西。有什么模样与它相仿的东西吗?"

"没有。"

"我不知道我这里有没有。你要得多吗?"

甲虫没有回答。他的泪水喷涌而出。

他爬下柜台，环顾四周，垂下脑袋，小声地说道："我很抱歉，蚱蜢。死亡什么也不是。死亡根本就不存在。我弄错了。我想要生活。"

蚱蜢点点头。"这个我有。还有很多呢。"

可是，他还没来得及拿出生活，甲虫就已经离开了杂货店。

蚱蜢看见他站在屋外，耷拉着肩膀。

甲虫很无助……他想。他打开门，询问甲虫愿不愿意喝一杯茶。可是，甲虫走远了。他的背影消失在森林里。

蚱蜢听见他从远处传来的声音。他不知道那是呼喊还是歌唱："我想要死亡，不对，我想要生活，不对，我想要死亡……"他想：他仿佛在数外套上的纽扣，就像我们在不知道自己是否幸福时的做法。

他摇了摇头。

随后，他重新关上门，在橱窗上的"太阳、月亮和星星"后面（他不卖的东西）添了两个巨大的字："死亡"。

54

蚱蜢睡不着。

他望着从窗帘的缝隙间透进来的月光。它缓缓地爬过他的桌子,逼近大门。

他想起了他的杂货店,想起了那里出售的所有东西,试图想出一些那里没有的东西。

一把五条腿的椅子,一个扶手是红木的,另一个扶手是铜的,座面是一个红色的垫子。

不对,他想,这模样的椅子我已经有了。

或者是一件绿色的无袖毛线外套、一顶带丝绸绒毛的帽子、甜甜的露珠、冬季的天气、粉红色的蜘蛛网……

可是,他每每都点点头。是的,这东西我已经有了,那个也是。

眼看着月光就要到达桌子边沿了。蚱蜢意识到自己很伤心。他不知道这是怎么一回事。

他想:我怎么会伤心呢?我拥有一切!难道是因为我拥有一切,总是对所有人说"有的,我有的"?

也许,我并不愿意这样。也许,我希望自己偶尔会缺点什么东西。

一把五条腿的椅子。没有,刺猬,我不卖这种椅子。太可惜了!

一件红领子的蓝色厚外套。没有,野牛,我没有这样子的外套。很遗憾。

他想:这样吧!我在窗口挂一块牌子,上面写着"出售很多东西,但不是所有东西"。如果有动物问我为什么不卖所有东西,我就会说:"一家真正的杂货店是不会什么都卖的,要不然,它就算不上一家真正的杂货店。"

"那我们就白来了。"

"是的。"

有时候,他们不得不空手而回。

还从没有人从他的店里空手而回呢。他不知道在这种情况下应该耸耸肩膀还是皱皱眉头,又或是两者皆有。

接着,他侧了侧身。月亮消失在一片云朵身后,房间里又变得一片漆黑。

他想起了店里出售的所有五条腿的椅子，然后是六条腿的椅子，然后是七条腿的、八条腿的、九条腿的、一百条腿的，然后，他睡着了。

他的店里出售一切，真真正正的一切，除了太阳、月亮、星星和死亡。这一点，所有人都知道。

55

亲爱的蚱蜢:

　　每当我遇到别人时,我总是说:
"你好,某某,你过得怎么样?"
然后,某某说他过得很好,
并且问我过得怎么样,我会说
我也过得很好,然后我们热热闹闹地
聊上很久。
　　可是,当我给别人写信时,我做不到这样!
我总会写一些复杂的东西,所有人都会想:
喀,猫头鹰,你就不能变得通俗易懂一点儿吗?
　　我知道他们是这样想的,蚱蜢!

我该怎么办?

我希望你能理解我:我的幻想破灭了。

破灭得不堪忍受。

猫头鹰

蚱蜢读完信,给猫头鹰寄去了单纯。

那是一个小小的包裹。

每当猫头鹰想给别人写信时,他总是先深吸一口气。

可是,猫头鹰几近绝望,一口气吞下了所有的单纯。

第二天,蚱蜢收到了一封崭新的信:

店主你好,

我一切都好!

你也是吗?

你知道我是谁

在"一切"和"都好"的中间,"出乎""意料"和"异常"这几个词被删掉了。

片刻的思考过后,蚱蜢明白了这封信来自哪里。

他拉开装着单纯的抽屉,把里面的东西丢得一干二净。

我再也不卖它了……他想。

56

一天晚上,蚂蚁来到蚱蜢家做客。

他们一起喝了加蜂蜜的茶,蚱蜢向后仰去,说有些东西一直无人问津,摆放在他库存柜的隔板上积灰。

"你为什么不把它们丢掉呢?"蚂蚁问。

"如果那样做了,我就再也不能出售所有东西了。"蚱蜢说。他还说到了买走奇特东西的奇特动物,那是一些大家从没听说过的东西。

"我也没有听说过,蚂蚁,"蚱蜢说,"可是,我的库存里有!"

蚂蚁惊讶地看着他。

"如同我的想法,"蚂蚁说,"有时候,我会有一些从没想到过的想法，我不知道它们是从哪里来的，之后也再没想起过它们。可是，它们一直都在！"

"是的。"蚱蜢一边说，一边给茶杯添满水，然后加上一勺蜂蜜。

蚂蚁陷入了沉思，他思索着自己的想法。

"你卖奇迹吗？"过了好一会儿，他问。

"必须的。"

"我的想法也是奇迹。"蚂蚁说。

"我有各种各样的奇迹，"蚱蜢说，"有各种尺寸和颜色的。"他滔滔不绝地讲述着那是一些什么样的奇迹。

可是，蚂蚁并没有听他说了什么。他感到自己变得十分渺小，站在一片光秃秃的空地上。他的想法在他面前冉冉升起，如同巍峨的高山，直耸云霄。天空中下起雨来，他躲在一块巨大的、歪斜的想法下面。起风了，风又或是某个完全不同的东西说道："小蚂蚁啊小蚂蚁，不要时时刻刻都对所有事情如此深思……"

"好的。"他说。他猜想一定是蚱蜢问了他什么问题。

随后，他们喝下最后一杯茶，加了格外多的蜂蜜，然后蚂蚁便回家了。

"晚安，蚱蜢。"他说。

"晚安，蚂蚁。"蚱蜢说。

蚂蚁把手背在身后,独自离去,穿过漆黑的森林回家了。他试图什么都不想。可是,他做不到。

我从来都做不到……他想。

57

刺猬从蚱蜢杂货店里的陈列柜跟前走过。他时不时拿起一个东西,转一圈,然后又放回去。

他想买一个东西,可他不知道那是什么东西。

蚱蜢坐在柜台后面的椅子上,耐心地等待着。

他听见刺猬喃喃自语:"是它,是的,这个……不然还是这个吧……我想……也许是那个……我不知道……"

过了好一会儿,蚱蜢问道:"我能帮助你吗,刺猬?"

刺猬停下脚步,说道:"我在找一个暖和的东西,一个热闹的东西,一个适合两个人的东西……"

蚱蜢列举了各种各样暖和、热闹、适合两个人的东西。

突然，刺猬有主意了。

"一杯茶。"他说。他的嗓音很沙哑。

"当然了！"蚱蜢说，"一杯茶。"

他锁上门，领着刺猬来到杂货店后面的房间里。

他们一起喝了茶，暖和的、热闹的茶，两个人一起喝。

好一阵子，他们一言不发。刺猬看着自己的茶杯，蚱蜢用触角挠了挠额头。

"你知道吗？"刺猬说道，"此刻，我很满足。十分满足。可是，每当我感到满足的时候，我就会变得伤心。此刻也一样。我觉得这很奇怪。我越是满足，就越是伤心。有时候，我会想：我要是永远不会满足就好了，那样，我就永远不会伤心。我希望自己什么都没有。没有满足，没有不满足，没有伤心。什么都没有。怎么才能做到呢？"

"我不知道。"蚱蜢说。

"你也会有这样的想法吗？"刺猬问。

蚱蜢还没来得及回答，门铃响了。

"有顾客。"他说着，一跃而起。

刺猬点点头，放下手里的茶杯，回家了。

58

蚱蜢仰面朝天地躺在床上。他望着天花板，想到了他的杂货店、他的顾客、他出售的一切，太阳、月亮、星星，还有其他很多很多东西，最后，他想到了自己。

他仿佛看见自己在杂货店里帮助别人："好的，犀牛。""有的，河马。""当然了，青蛙！""这是生日礼物吗，熊？""这是我专门为你留出来的，伶鼬。""给，蚂蚁。""小心点儿，大象！""随时为你效劳，蟋蟀。""谢谢你才是，松鼠！"

他点头、奔跑、鞠躬、微笑、开门、打包又拆箱、系牢又松开，侧耳细听，耐心细致，对所有人极尽友善。

突然,他猛的一下坐起身。他也不知道是为什么:"可是,我不友善!一点儿也不友善!"

他差点喊破嗓子,心怦怦直跳。

他从来没有这样喊叫过,甚至从来没有这样想过。

可是,他知道这是真的,他知道自己很想告诉动物们:"走开,河马。""我再也不卖东西给你了,蟋蟀。""我还要怎么给你解释呢,甲虫?""你以为我就不累吗,乌鸦?""你有没有听说过发癫,蚂蚁?""不好看,你穿什么都不好看,犀牛,难道你自己心里没数吗?"

事实上,他很想在橱窗上挂一块牌子,上面写着:

所有物品均待售
(见者无份)

然后,他请来啄木鸟,让他躲在窗帘后面,发出羞辱的笑声。如果他们没看见这些字就走了进来,他就会抓住他们,让他们到橱窗跟前好好看一看。

这才是我原本的样子……他想——不友善。

他直挺挺地在床上坐了很久,思考着自己还想对大家说些什么。

他想:没有善意——我会这样对待他们。吓唬他们。恐吓他们。

他重新躺下,进入了梦乡。尽管这令他伤心,可是他清楚地知道自己是友善的,只有真正友善的动物才会认为自己不够友善。

夜半时分,他再次醒来,猛地坐起身。

在他的脑海中,动物们从四面八方涌向他的杂货店。

"我们也不友善!"他们喊道,"没有任何人是友善的!事实如此!友善根本就不存在!"

他们抓住他,用力地摇晃,把前一天没有卖完的蛋糕砸在他的脸上。

"你们说得对!"他大声喊道。令他惊讶的是他并没有生气,他默默地躺了下来,一头扎进厚厚的、洁白的奶油里,继续睡去。

第二天一早,他被杂货店的门铃声吵醒了。

"我来了!"他一边喊,一边从床上一跃而起。

"蚱蜢,你卖不卖……"他听见有人急不可耐地呼喊。

"当然有啦!"他回答。他听出来了,那是蟋蟀的声音。

他顶着蓬乱的触角,衣衫不整地打开了门上的锁。

友善是不可避免的,他想。

突然,他想起了蟋蟀想要的镶嵌着金纽扣的红色外套,这件衣服已经准备好了,他早就猜到蟋蟀想买它了。

59

初冬的一天,杂货店里没有顾客,屋外风雨交加,蚱蜢在心里想:这样吧,我卖一个东西给自己吧!

他感到自己的心怦怦直跳,脸颊滚烫滚烫的。

他走到屋外,从身后关上门,静静地站了一会儿,直到自己浑身冷冰冰、湿漉漉的,不住地发起抖来。随后,他重新推开门,走进杂货店。

"你好,蚱蜢。"他说。

"你好,蚱蜢。"他回答。

"天气真糟糕啊。"

"啊!你肯定冻坏了。"

"是的。"

他拧干触角，用前腿搓热身体。

"您暖和一点儿了吗？"

"是的，还可以。谢谢您。对了，您的杂货店可真漂亮啊。"

"哦，是吗？您这样认为吗？"他说。他觉得自己脸红了。

"必须的。我还从来没有见过这么漂亮的杂货店呢。"

"真的吗？"

"真的。"

"您已经存在很久了吗？"

"是的，非常久，"他垂下眼睑，"我觉得，我一直都存在。"

"哦，是吗？那么，您还会一直存在吗？"

他闭上眼睛，用触角揉了揉鼻子。这个问题可真令人尴尬，他想。我不应该说我觉得自己一直都存在的。

"我不知道。"最终，他说。

对话陷入了僵局。他清了清嗓子，说道："我能为您做些什么呢？"

"我要一件外套。您这里卖外套吗？"

"必须的！我卖的外套超多。您想要什么样的外套？暖和的？上好材质的？还是喜庆一点的？"

"喀，可能得要几件吧。每种都来一件。"

"哦，好极了！"他喊道。他原地转身，蹦到柜台上，又立刻蹦了下来。

"您别介意。"他说。他的脸又一次变得红通通的。

"不介意。"

"有时候，我会突如其来地开心。"

"我也是。"

"哦，是吗？"

"是的。"

接着，他提议和自己跳个舞。于是，他竭尽所能和自己跳舞、在自己的耳边窃窃私语，直到自己觉得轻飘飘的。随后，他从杂货店的库存里找出了最好看的外套。

他在舞步和窃窃私语的伴随下度过了好几个小时。他讲述了<u>丝绸、丝绒</u>、锦缎、搭扣、饰片以及深红色和朱红色、加内衬和不加内衬之间的区别。

终于，他穿着一件厚厚的、绿色镶金边的冬衣离开了杂货店。不一会儿，他又回来了。

他脱掉外套，把它挂在柜子里，心想：这一天过得呀……

他来到窗户跟前，静静地站着，两眼望着窗外。屋外依然阴雨绵绵。他想：我觉得今天不会有人来了。

产品经理：张雅洁
视觉统筹：马仕睿 @typo_d
印制统筹：赵路江
美术编辑：梁全新
版权统筹：李晓苏
营销统筹：好同学

豆瓣 / 微博 / 小红书 / 公众号
搜索「轻读文库」

mail@qingduwenku.com